날마다 피어나는 나팔꽃 아침

지혜사랑 247

날마다 피어나는 나팔꽃 아침

정복선 외

지혜

• (좌측) 2021년 11월 마로니에

• (우측상단) 2021년 7월 백운

• (우측하단) 2020년 8월 유유 제1집 『깊고 그윽하게』 출판 기
　　　　　　　　　　　　— 박무웅 시인과

시어詩魚를 찾아 노 저어 가는 도반들

코로나 19라는 무섭고 험한 산맥을 우리가 무사히 넘어온 것에 감사한다.

2016년 4월 12일 인사동에서 첫 모임을 갖고 '유유' 동인을 결성하여, 이보숙, 이섬, 김현지, 정복선, 이혜선, 주경림, 박분필 7인의 첫 동인지 유유 제1집 『깊고 그윽하게』를 낸 지 2년이 지났다.

이제 유유 제2집 『날마다 피어나는 나팔꽃 아침』을 묶게 되어 참 기쁘다. 한 편 한 편의 시들은 각각의 시인이 저마다의 눈으로 찾아낸 살아있는 시간의 생생한 모습이다.

우리는 유유동인이란 이름의 배에 함께 탔다. 문학이라는 호수 안에서 헤엄치는 시어詩魚를 찾아 오랜 세월 천천히 노를 저어 가는 도반이다. 느린 수면을 바라보다 솟구치는 언어를 낚는다. 시를 짓고 기쁨을 나누는 일곱 명의 친구들은 이 항해를 지속하는 힘이 된다. 세월이 갈수록 더욱 소중해진다.

"작가란 새로운 것을 창조하는 사람이다. 나만의

창조물을 향해 유한한 시간을 바치는 사람이다."
라는 글을 읽는다.

우리가 평생 붙들고 있는 시詩는 대체 무엇인가?
햇빛이 호수에 은빛 무늬를 그린다. 물무늬 따라
생각이 퍼진다. 그것은 유한한 시간의 흐름을 바
라보는 마음의 눈이다, 마음의 눈에 잡힌 선명한
그림이다.

어느 아침 꽃샘바람이 창문을 흔들 때, 혹은 처
마 끝에서 떨어지는 고드름 소리가 잠을 깨울 때,
깨어난 신비한 감정이 시를 낳는다. 고드름이 녹
아 매달린 물방울이 살아있는 순간을 되비추면 그
속에 담긴 아름다움, 표현할 수 없을 것 같았던 풍
경이 한 편의 시에 살짝 비친다. 비록 미숙할지라
도 그 황홀한 기쁨이 나를 시인의 길에 붙들어 놓
는다. 스스로 지은 언어의 탑을 수없이 맴돌며 웅
얼거리는 자신을 본다. 쿠바의 늙은 어부, 산티아
고가 떠오른다.

산티아고는 『노인과 바다』의 작품 속에서 대어를
잡으려는 어부였다. 그 작품을 쓴 헤밍웨이는 산티
아고에게 자신의 욕망을 투사했다. 커다란 고래를
낚고 싶은 마음은 간절하지만 망망한 바다에서는 기
다리는 일이 훨씬 더 많다. 그가 드디어 대어를 만
나고 온 힘을 다해 씨름하며 겨우 잡았지만 상어 떼
에게 살점은 다 뜯긴 앙상한 뼈만 싣고 돌아온다.

하지만 산티아고는 그것으로 충분했다. 자신과의 싸움에서 끝까지 포기하지 않고 견뎠기 때문이다. 획득한 것이 상처뿐인 영광일지라도 하루하루 치열하게 밀고 당기는 동안 그는 자연에 대한 겸허, 인간의 한계, 적에 대한 배려와 존중으로 사유하는 방법을 낚은 것이다. 우리가 지금 시어를 찾아 씨름하는 시간이 산티아고가 깨달은 사유의 깊이에 닿을 수 있기를 간절히 기도해본다.

코로나19가 다 지나가기도 전에 터진 세계 곳곳의 폭력에 심란함만 더해지는데, 최근의 우크라이나−러시아 전쟁은 우리의 역사까지 되돌아보게 한다. 전쟁의 참상과 폐해를 어찌 할 것인가? 앞으로 온 인류가 함께 감당해야 할 숙제가 더 많아졌다.

이 동인지가 세상에 나갈 때 독자들과 공감을 나눌 수 있다면 좋겠다. 시적 순간을 함께 나누는 것은 특별한 인연이다. 읽는 이의 마음에 시의 온기가 전해질 수 있기를 바란다.

2022년 모란꽃 향기 속
레이크포레에서 박분필

차례

이보숙

이섬

이혜선

정복선

주경림

• 일러두기
  페이지의 첫줄이 연과 연 사이의 띄어쓰기 줄에 해당할 경우 > 로
  표시합니다.

김현지

■ 경남 창원 출생

■ 동국대 문예대학원 문예창작과

■ 88년 『월간문학』 신인상

■ 시집 『연어 일기』, 『포아풀을 위하여』, 『풀섶에 서면 내가 더 잘 보인다』, 『은빛 눈새』, 『그늘 한 평』, 『꿈꾸는 흙』 외

■ 동국문학상, 시인들이 뽑는 시인상 수상

■ 한국문인협회 우리말가꾸기 위원회 위원

■ 한국시인협회회원, 유유 동인, 향가시회 동인

■ 이메일 poapull@hanmail.net

어느 봄밤의 간이역

어머니 아직 내릴 때가 아니예요
조금만 더 가면 아침이 오고
저 오르막만 넘으면 햇살이 비칠 거예요

아니다, 아니다, 나는 여기서 내려야 해,
저기 노란 나비들이 어서 오라고 손짓하네
…… 아직 깜깜 밤인데
무슨 나비 떼가 보인다고 하셔요

해마다 봄이 와서 앞 내川가 풀리면
어머니 서둘러 하차하신 산기슭 간이역엔
노오란 개나리꽃 지천으로 피어
아롱아롱 그날의 내 눈물길 뒤덮고 있다

산모롱 너머로 휘어진 긴 신작로 따라
하늘하늘 날갯짓하는 샛노란 나비 떼들

나팔꽃 아침

비가 내려도 바람이 불어도 내 이름은 아침입니다

구름, 바람 차곡차곡 가슴에 쟁이며

움튼다는 것, 싹튼다는 것,

모두 가만히 움켜쥐고 견뎌온 이야기

숨죽이고 가만가만 살아 낸 이야기들

오늘 아침 당신에게 모두 들려드릴게요

빨강, 보라, 하양, 분홍……

그대 가슴 속 환히 밝히고 싶어

날마다 피어나는 내 이름은 아침입니다

아침이란 이름의 연보랏빛 희망입니다

숫눈길

그곳에 가 보아야지
고라니가 긴 목을 늘이고 먹이를 찾고 있을
숲속 새하얀 숫눈길 따라 걸어 보아야지……

아래로 내달리는 바깥의 수은주가 댕, 댕,
경고음을 울리는 겨울 끝 무렵
멍하니 앉아 천정까지 닿은 책장을 바라본다
책의 숲속에서 바람이 불고 강이 흐른다

시서화詩書畵 빼곡한 저 숲,
내가 스쳐왔거나 잊혀졌거나
미처 눈길 못 주고 지나온 행간마다
잉걸불로 남은 꽃불 모락모락 타오르고
타다 남은 숯검정들이 파란 씨앗으로 일렁인다

처음 눈 맞추며 켜켜이 젖어 들던
시의 능선, 산문의 골짜기, 고전의 언덕……
오래전부터 내 곁에서 나를 길들인
푸른 성채 같은 책들이 죽죽 뻗은
자작나무 겨울 숲으로 걸어온다

오래 잊고 있었던 새하얀 숫눈길

야생野生의 기억

할머니 그리운 마음에 장터에서 사 온 할미꽃 한 포기
뜰 앞에 심었는데 꽃빛이 영 흐리다
눈부실라 신문지 그늘막도 쳐주고
발 시릴라 다독다독 부엽토도 깔아줬는데

입술 꼬옥 다물고
며칠째 수심에 잠겨 있다

고향 산은 이미 수풀 짙어 돌아갈 수 없는데
그냥 이곳에 정 붙이고 살아보자고 예전처럼
예쁜 자줏빛 입술 열고 옛날이야기
조근조근 들려 달라고
몇 날을 어르고 달래보아도 고개 푹 수그리고
오물오물 입속말만 웅얼거리고 있다

할머니! 활짝 좀 웃어주세요
할머니! 제발 가지 마세요

초여름 소묘 1

어머니가 베틀 위에 앉아 베를 짭니다. 어머니의 왼손이 바른 손에게 북을 던지고 철컥! 철컥!…… 쉼 없이 다져지는 바디소리 둔탁하고 경쾌한 리듬, 봉창으로 새어드는 엷은 햇살 고웁게 베틀 위 씨줄을 타고 내려와 내 얼굴에 놓이면 나는 뱁뎅이 줍던 손을 풀고 잠이 들었습니다

바디를 한 번 치면 어머니의 오른발이 휘영청 하늘로 떠오르고 또 한 번 치면 내려오고 올라가고…… 어머니의 버선코가 쉬지 않고 송편처럼 허공을 뛰놀 때 뱁뎅이들 쪼르르 일어서서 열어주는 길, 그 길 한참 따라가다가 문득 돌아보면 도투마리 끝으로 되감기는,

올올이 풀려 나부끼는 올모시 베필 속에 보일 듯 말 듯 새어드는 어머니의 한숨, 꿈 밖에선 보이지 않던 어머니 파리한 한숨 소리, 가만가만 내 잠속으로 들어오고 있었습니다

초여름 소묘 2

아른아른 햇무리와 바람과 감나무잎에 감도는 초록물을 섞어 짠 듯 파르스름 풀내 솔솔 풍기는 베필을 안고 어머니가 종일토록 철컥철컥 잉앗대 너머 펼쳐진 시간을 엇가르고 있을 때 지푸라기에 쏙쏙 감꽃을 꽂으며 놀던 내가 방금 연미색 모자를 벗어 던진 까만 배꼽쟁이 새끼감들 오종종 내려다보고 있는 감나무에 두 팔을 감고 돌라치면 어머니의 바디소리는 뒤란의 거미줄보다 더 고운 무늬옷을 내게 입혀주곤 하였습니다

저승에서조차 이따금 바디소리로 나를 깨우는 어머니는 초여름 한낮의 오수를 열고 와 가만가만 잉앗대를 세우시곤 눈썹노리 오르락내리락 하얀 버선코로 빛을 가르며 베를 짭니다. 점점 북소리 빠르게 날고 얇은 모시 베필에 번져 흐르는 어머니 눈물, 파란 빛살무늬로 내려와 내 잠을 적시고 있습니다.

겨울강 건너기 1

강이 모래톱을 세워
제 몸 깊이로 둑을 쌓네
물을 물속에 가두려 하네

헤매는 길목마다 生의 이정표
물때 맞춰 내 앞에 기다려주지 않으므로
스스로 그 깊이를 가늠해야 하므로

내딛거나 뒤돌아서거나
내 그림자 내가 가늠해야 하므로
때로는 그림자조차 제 모양을 버려야 하므로

바름이 아니면 나아가지 마라
바름도 물그림자에 어리면 흔들리고 마는 법

흔들리면서 괘를 뽑는다

무망无妄*이라
원元코 형亨코 이利코 정貞 하니라,

또 하나 가로막힌 큰 山 하나 만났다

* 주역 64괘중 건괘와 진괘가 만나 이루는 괘의 명칭

겨울강 건너기 2

이제는… 이제는… 하면서
푸른 계절을 꿈꾸었는데
지독한 강풍이 내 안을 또 지나갔어요

절뚝거리며 숲길을 헤매는 동안
그루터기에 할퀸 상처가
내 돌아갈 길을 지우고 있네요

한사코 새벽을 밀어내며
기다려라, 더 기다려라, 마법 같은 주문을 던지며
어둠이 내 쉼터라 이르던 그대,

뼛속까지 찬비 스미던 저녁
언 발로 걷던 길모퉁이에서
눈물로 뽑아든 어둠의 괘
명이明夷*,

明夷명이라, 리리코 艱貞근정 하니라

촉수를 내리고 가만히 몸 낮추라던 그대

오랫동안 나는 또 춥고 무거운 길 혼자 걸어왔어요

* 주역 64괘중 하나

통성명

화창한 봄날 詩를 생각하다가

텃밭으로 가서 초록이야기 엿듣는다

방풍, 머위, 부추, 곰취……
한 겨울을 건너와 이랑이랑 모여 앉은 이름들
방풍은 방풍나라 말로
언덕배기의 머위는 머위나라 풍으로
방방곡곡
닮은꼴의 방언들이 한 골짜기로 모여드는 초록마을

곰취 미역취 울릉도취……
같은 취끼리 모여앉아 성씨자랑
본적이 어디냐, 살던 곳은 어디냐며
통성명 하고 있는 텃밭에서
초록이야기 한 바구니 담아 나오며

초록마을에선 그냥 초록으로 살아야지 생각한다

염천에 옻뜸을 뜨다

일부러 옻을 먹기도 한다는데 나는
옻나무만 쳐다봐도 옻이 오르는 과민, 내지 저질 체질이다

그런데 그런데 말이야 이걸 어쩌나 한동안 목이 뻣뻣하
고 어깨가 뭉쳐 고생하던 중 우연히 춘향이 마을에 들렀었
지 춘향이는 거듭 출세해서 광한루는 훤하게 리모델링되었
고 월매집도 춘향이방도 새 단장 해두었는데 뻣뻣한 목으
로 기웃대던 내 눈에 들어온 저 깜찍하게 생긴 나무망치, 방
자도 향단이도 비번인데 내 어깨를 시원스레 두드려 줄 저,
제법 예쁘기까지 한 반지르하게 윤나는 나무망치 하나 얼
른 사왔지 네가 향단이 몫을 톡톡히 해주려마 하면서……

무심코 두드렸지 TV보면서…… 그런데 그런데
이튿날 아침 내 양어깨에 붉은 불기둥이 발갛게 세워진
거야 아차, 아차, 저 붉게 입힌 색이 옻칠이었다는 걸 뒤늦
게 깨닫고는 혼비백산 안절부절……
스치기만 해도 오르는 옻을 맨살에 꼭꼭 다져 넣었으니
이걸 어째…… 하필 주말이라 약국도 병원문도 꼭꼭 닫혀
있고 가려움증은 스믈스믈 올라오고…… 방심과 무식은
일맥상통이라… 한 여름에 옻뜸을 뜨느라 열흘째 두문불
출…… 당분간 나 찾지 말아요

박분필

■ 성균관 대학교 유학 대학원 〈유교경전학과〉 수료

■ 1996년부터 『시와 시학』에서 작품 활동 시작

■ 시집 「바다의 골목」, 「산고양이를 보다」,

「창포잎에 바람이 흔들릴 때」

■ 동화집 「홍수와 팻쥐」, 「하얀 날개의 전설」

■ 『문학청춘』 작품상 수상, KB 창작동화공모전 대상 수상

■ 한국예술위원회기금 수혜

■ 이메일 pbpil@hanmail.net

양남 주상절리

단행본들을 부챗살로 펼쳐놓은 바다 속 장서관

파도는 낡아가는 책을 보수하는 유능한 사서다

표면의 광택을 파고 든 인간의 기억, 희망, 사랑을

담았다 쏟아내고 쏟았다 담아내기를 수십 만년

몇 초가 영원처럼 흐르는 저 떨림, 저 무늬들,

회색과 초록색이 뒤섞인 파도의 갈피 속에 미처

해석되지도 기록되지도 못한 역사까지 껴안은 채

물의 필체와 물의 언어만을 고집해 온 고서들

신비로운 힘에 이끌려 뭉치고 엉키는 시간과 공간

잿빛갈매기들 조용히 날아내려 고서를 뒤적인다

깃털의 암호

얼핏, 갓 구운 빵 색깔 고양이가 누덕한 그늘 뭉치를
꿰차고 첩보원처럼 사라지는 낌새에
뒤를 훑어본다

달아나는 놈을 보지 못했다면 몰랐을 흔적
주말농장에 갈 때마다 어느새 날아와 내 곁을
맴돌던 하얀 비둘기, 조금 전까지
여뀌씨를 따먹던 비둘기가 없어졌다

날카로운 이빨에 마구잡이로 뽑힌 깃털들이
점점 멀어지는 제 몸뚱이의 온기를
멀뚱멀뚱 지켜본다

끝이 뾰족한 깃털 펜들이 내가 해독하지 못하는
복잡 미묘한 언어를 긁적이고 있다

하늘을 날아가는 새들이 볼 수 있게
풀잎에 새기는 암호일까
나에게 남기는 마지막 메시지일까

선택할 여지도 없이 요약된 한 생을
삶과 죽음사이를 흐르는
한 여정을 바람의 무리들이 토닥여준다

업히라 가자!

집안공기가 빵빵하게 부풀었다
빨리 뛰쳐나가지 않으면 한바탕 전쟁이
터질 듯 아슬아슬 이럴 때 엄마는
업히라 가자
내 앞에 배롱나무 같은 등 내밀었다
천리만리 어디든 가보자
발길 닿는 데로 떠나보자
간다는 그곳이 외갓집처럼 좋아서 나는
배롱나무 등에 참매미처럼 붙었다
엄마는 못 먹는 소주 한 잔을 단참에 들이켜고
제사 때 쓸려고 사온
마른오징어 다리를 북북 찢고 또 몸통을 찢었다
엄마는 언제쯤 일어날까
목 빠지게 기다려도
업히라 가자, 만 되풀이할 뿐
끝내 붙박은 뿌리를 뽑지 못하고
소주 석 잔에 고꾸라지고 말았다
딸만 여섯, 아들을 못 낳은 엄마는
수십 수백 번쯤 발길 닿는 데로 어디든 떠나고
싶었지만 조선팔도 아무데도 갈 곳이 없더라는
젖먹이새끼 울음소리에 쟁기 벗어던지고
새끼에게로 달려가던 암소가 생각나더라는
오늘 또 업히라 가자
젖은 목소리 창문타고 흘러내린다

나를 들쳐 업고
─오미크론에게─

내 안에 다시 침묵이 자리 잡았다 오미크론이 두 친구를 데려가던 날 나는 아득한 침묵으로 입을 가리고 눈 덮인 바라산 하얀 계곡을 거슬러 올랐다 공허는 끝날 것 같지 않은 긴 계곡 같다

잘 도착했을까 그 별에, 이 별에 대한 미련은 그럭저럭 다 잊어버리겠지 아무런 준비 없이 훌쩍 떠나도 되는 여행, 모든 짐 다 버리고 가도 되는 이사,

계곡 한 쪽에 한 마디 한 마디 물의 언어가 떨어져 거품처럼 부풀어 오른 얼음, 얼음 속에서 하얀 소리들이 웅얼거린다 흐르는 소리, 갇힌 소리, 해맑은 물의 모습과 친구들의 모습을 가리고 끊임없이 부풀어 오르는 냉정의 기호들

내 안에 가득 차오르는 거대한 고요를 껴안고 좁은 흙길을 따라 들어간 숲, 숲에는 지난여름 그 빳빳하게 세웠던 푸르른 귀를 다 쏟아버리고 입 꾹 닫아 건 은사시나무와 편백나무들, 느린 음표들이 신화 속 기둥처럼 서서 너 자신을 뛰어 넘어라, 경계를 넘어라한다

사방팔방 모든 창문 다 열어젖힌 겨울 숲, 윙윙 문풍지 울어대는 바람의 바깥, 주린 표정으로 눈만 반짝거리며 서 있는

아기고라니가 스스로 몸을 끌어안고 냉기를 밀어내고 있다
생명을 품고 얼어있는 흙들, 머잖아 그 생명의 굼틀거림이 거
대한 물결의 길을 만들어 낼 것이다

물소리 바람소리

껍데기만 남은 거미가 거미줄에 말라붙어있다 자기 둘레를 치던 시간을 둥글게 감고 마침표처럼

텅 빈 무간 천지에 길을 내던 발바닥이 길을 놓친 것 같다 놓친 길에 대한 아득함으로 발을 거꾸로 든 채

다시는 아무것도 믿을 수가 없다는 듯 무게를 다 비워내고 생육을 바싹하게 말리고 있으니 저 영혼 가볍겠다

가벼워진 몸채에서 풍경 소리가 난다 산중에 홀로 낡아가는 빈 절 같은 거미 한 마리 둥글게 부풀어 오른다

온몸이 노란 나비가 낙엽처럼 날아든다 먼지 낀 거미줄이 출렁 나비를 안아보지만 날아가 버린다

마침내 서리가 내리면 애도하던 저 노랑나비 또한 굴복하고 말겠지

수樹수水카페 옆에는 청보리가 피고 있었다

몽상의 언덕에 청보리가 피고 있었습니다
진열장에 꽂혀있는 붓 같았습니다

붓 속에는 밝아오는 새벽 같은 생명들이
가지를 뻗어나가는 꿈이 들어있습니다

언 흙을 움켜잡고 지켜 온 여린 발가락이 사라져버린
맥을 이어가는 캔버스에 엉겅퀴 꽃들은 보랏빛 심장을
오래 늙은 은행나무와 푸른 강과 풋보리 밭을

생동적인 노을 속으로 휘감겨들게 하는 부드러운
붓질, 붓이 추억 속에 멈춘 나를
잠깐 지웠다가 다시 또렷하게 그려줍니다

청둥오리 한 마리 한 발짝 한 발짝 외로움을 끌며
불타는 일몰의 저녁 강을 저어가고 있습니다

세계는 코로나 팬데믹이어도 겨울의 무게가 무너진
자연의 낙서판은 이토록 평화롭고 아름답습니다

산불 현장에서 탈출한 아기다람쥐

천 마리 짐승들이 용암을 뿜으며 내달리는, 천개의 불덩이가 키득거리며 벽을 세우는, 빠져나가야 하는 탈출해야만 하는 검은 구멍이었어. 이글거리는 저 불의 장벽을 피해서 땅을 팠지 파면 팔수록 깊어지면 질수록 부족해진 산소로 숨을 쉴 수 없었지

이윽고 큰불이 잦아들었어 아직도 여기저기 화기가 피어오르는데 뛰어라, 뛰어라, 돌아보지 말고 뛰어나가라 하루 전에 이미 죽은 엄마 아빠의 목소리, 용수철에서 튕긴 것처럼 나는 튕겨 나왔어. 무작정 달렸어 길이 없다 했을 때 길이 보였어

삶이란 피와 살로 꼬아가는 새끼줄 같은 것 수천의 생채기도 시간이 밤낮을 엮어가는 동안 꿈을 틔우지, 꽃봉오리를 발아시키지, 숲의 심장은 다시 푸르게 펄떡거리지, 모두가 안 된다고 포기했을 때 그 어떤 어려운 상황에서도 기적은 살아있지, 끝나지 않을 것만 같았던 깜깜한 시간도 가다 보면 닿게 마련이야

다시 고향 숲으로 돌아갈 그때쯤엔 검게 타 누덕누덕한 나의 숲도 거의 다 기워지고 모든 감각 되살아나 아름다운 음악을 연주하겠지 부드러운 산울림이 꿈속 악기처럼 소용돌이칠 테지 저 별무리 속에서 엄마아빠 내려다보실 테지 꼬리를 깃발처럼 흔들며 내달리는 용감한 이 순간의 핏줄을

낮은 굴뚝

내가 본 그 들판은 시베리아입니다

언제 내려앉을지 모르는 판잣집에서
굴뚝도 아궁이도 없는 식수마저 얼어터진 곳에서
노부부가 이민자처럼 언어를 소통할 이웃도 없이

절뚝거리며 골목을 뒤져 폐지를 줍습니다
폐지 판, 돈으로 사온
홍시 두 개로 하루치 식사를 겨우 때웁니다
그것마저도 감사해서 맛있다, 맛있다
아내의 웃는 입과 눈을 바라보는 거무죽죽한 그 얼굴에
여러 종류의 굴뚝이 다 보입니다

어느 사대부의 고택에서 본 담장보다 낮은 굴뚝이
끼니 거른 민초들에게 밥 짓는
연기냄새를 부끄러워한
사대부들의 마음씀씀이였다, 로 기록된
감정 없는 그 굴뚝도 보입니다

그들이 과연
이 시베리아벌판 같은 백성들의 마음을 알기나 할까요
시베리아 쪽으로 불어오는 바람은 항상 살을

깎아대는 지독스런 바람이어서
눈물마저도 고드름으로 매달린다는 것을

시베리아에 또 바글바글 눈이 내려쌓입니다

향일암 햇살경전

붉은 해가 나뭇가지에 걸리자
나뭇가지에 걸린 오늘이
살금살금 가지를 타고 내려온다

햇살의 발길에 몰려 한 발 한 발 뒷걸음질
치던 밤이 꼬리를 말고 달아난다

떠나온 곳과 떠나갈 곳의 경계
슬피 울고 환히 웃었던 기억의 사이

참이면서 참이 아닌 저 그림자
꿈이 실려 있는 내 생의 연속이 또다른
시간으로 길을 내는 중이다

내가 움직이면 따라 움직이고
정지하면 따라 정지하던 내 그림자
바위 속 울창한 그림자 숲에 숨어버렸다

뒷모습뿐인 구름과
모습 없는 바람이 그 숲을 통과하고

햇살과 바람이 관음전 앞 나무에 세월을 새기는 동안

나무 밑에 떨어진 붉은 동백을 새들이 쪼는 동안

고향냄새는 참 참기가 힘들던지
햇살경전 한 질씩 등에 싣고
돌산앞바다를 향해 턱 괴고 있는 돌거북들
매번 마음만 먼 곳까지 다녀오는

나를 고발한다

뒷걸음치는 까만 승용차 뒤에 강아지 인형이 떨어져 있었다 뒷바퀴는 점점 강아지인형과 가까워지는데 내가 탄 고속버스는 서서히 휴게소를 빠져나왔다

차가 조금씩 흔들리기 시작했다 눈은 점점 더 앞 유리에 쌓였다 두려움으로 뺨과 얼굴 전체를 뛰어다니는 강아지인형의 눈동자처럼 앞 유리에 내린 눈도 이곳저곳을 정신없이 뛰어다녔다

버스가 고속도로를 달리는 동안 어떤 꿈이 나를 방문했다 오직 나만의 독창적인 그 작품에서 나는 누룩뱀에게 쫓기는 뱁새의 심장처럼 팔딱이며 낮은 숲에서 더 낮은 숲으로 도망 다녔다

내가 지은 죄목도 모른 채 포승줄에 묶여 끌려가는 동안 내면에서 느껴지는 소름으로 온몸을 떨어야했다 어렴풋 덜컥덜컥거리는 버스바퀴의 주행음에서 깼을 때 버스는 제멋대로 자란 나무와 숲이 우거진 숲속마을, 그러니까 사라진 내 어린 날의 풍경을 벗어나고 있었다

촉촉한 꿈속의 감촉은 쉽게 마르지 않았다 동물과 새를 끌어안고 잠을 재우는 어머니 같은 숲, 그 숲에서 기억인지

상상인지 내 어린 날들이 떠올랐다 알을 품다가 소에게 쫓겨 퍼덕거리는 암꿩을 살려주지 못했고, 덫에 걸린 토끼를 구해주지 못했던 작은 짐승들의 슬픈 눈빛과 괴로운 눈빛들

　　나와 다른 맥박을 가진 그들의 생명에 대해 적극적이지 못했던, 공기보다 가벼웠던 나를 고발한다

이보숙

■ 서울 출생

■ 경희대 영문과 졸업

■ 의정부시 경민중고교 교사 역임

■ 1992년 시집 『새들이 사는 세상』
(문학아카데미) 발간으로 시단에 나옴

■ 시집 『훈데르트 바서의 물방울』
(시와표현) (세종도서 우수도서) 외 3권

■ 2010년 시인들이 뽑는 시인상 수상

■ 이메일 lbs4628@gmail.com

가문비나무의 노래*

사랑스런 친구가 보낸 선물입니다

그 나무는 늘 푸른 나무, 늘 초록빛 옷을 입고 살지요
비가 오나 눈이 오나 천둥번개가 쳐도
놀라지 않고 잘 버티고 있지요
유월이면 노르스름한 꽃도 피고
갈색 열매도 맺어 후손을 퍼뜨리지요

그 나무는 우로도 뻗지 않고 좌로도 흔들리지 않고
꼿꼿이 높은 곳을 향하여 나아가지요
지나치게 자라나서 신神을 넘보는 짓도 안하지요
그 나무는 후손에게도 그렇게 가르치지요
화려한 옷이나 금은보화를 탐내지 말라했지요

내 친구가 보낸 신비神秘의 노래는
수수하고 영원한 곡조의 아름다운 시詩였습니다

* 마틴 슐레스케(독일 출신 바이올린 제작자)의 저서

푸른 여우

새벽이면 나타나던 푸른 여우
요즘 보이지 않는다
서늘한 바람 헤치고 수선화들 머리를 조아리는 숲길을 돌아
조용히 와서 두리번거리다가
수선화 꽃잎에 코를 박고 킁킁대며
무언가를 찾는 듯 미련 가득하던 눈망울
연신 뒤쪽을 살피며 돌아갈 땐
탐스럽게 흔들리던 꼬리 뒤로
외로운 그림자 길게 따라가더니
이제 오지 않는 푸른 여우,

돌아가 오지 않는 내 안의 그 무엇,
기다리다 그리워하다 내가 가야 할 저 오솔길

푸른 새벽이면 창밖으로 슬며시
수선화 노란 꽃잎 눈을 뜨는
미명의 숲길을 살핀다

네모의 세계 속으로

몬드리안*의 붉은 네모를 들여다본다
한참을 뚫어져라 보다가 네모를 열고 들어간다
아니 들어가는 게 아니고 나간다고 생각한다
그 네모의 바깥은 또는 그 안엔
텅 비어있는 공간이 연달아 열려있다
오랫동안 누군가가 열어주기를 기다린 듯,
그곳에서 다시 만나는 네모,
네모는 계속 네모를 낳고 또 네모를 낳고
그곳엔 친구가 없다, 아무도 없다
텅 빈 네모,
몬드리안의 여러 가지 네모들은 이 세상 모든 것의
기본 구상을 갖추고 있다, 보이는 것이 없을 뿐,
오늘 그 네모 중의 하나에 들어가 보니
네모난 외로움이 하나 덩그러니 앉아있다
그 속엔 웃음도 슬픔도 희망도 절망도 없다
오직 네모만 있을 뿐,
푸른 네모 노란 네모 붉은 네모, 오직 색깔이 있을 뿐,
색색깔의 옷을 입어본다
아무런 감흥 없이 나는 그저 네모일 뿐
이 지구상에 혼자 있다는 느낌,
그의 기하학적인 네모 속 나도 기하학적인 인간으로 산다
거기서 나는 아무런 사랑을 만나지 못한다
나의 사랑은 어디에 있을까……
사랑은 이 세상에 존재하는 것일까?

* 피에트 몬드리안, 네덜란드의 추상화가

46

물의 힘

뙤약볕이 따끈하게 묻어나는 오후
한낮의 정적을 부수며 물 한 바가지
빈 펌프에 내려붓는다
파이프 안으로 급히 빨려 들어가는 H2O,
재빨리 펌프질을 한다
타는 목구멍 속으로 들어간 물의 가느다란 힘
펌프는 푸걱푸걱 꺼질 듯 사라질 듯 안간힘을 쓰다가
왈칵 물을 토해낸다
한 바가지의 물이 저 100미터 아래
잠자던 수맥을 자극했나보다

핏줄을 돌아 콸콸 쏟아지는 말씀
마구 쏟아지는 죄의 흔적들,
녹이 슬어가던 의식이 반짝 눈을 뜨며
기도의 문을 연다
눈앞에 그려지는 겟세마네 동산, 그 위에 빛나는 별 하나
밝아지는 마음의 눈,
철없던 시절, 어리석었던 과오들이 떠오른다
눈물의 샘이 울컥 터진다

뙤약볕 쏟아지는 나의 마른 언덕에
누군가 쏟아 붓는 한 바가지의 마중물

소리 나는 그림

문득 그림 재료가 눈에 띄었다

직박구리 몇 마리 참새 떼 한 마장
인적 없는 마당에서 뭘 그리도 맛나게 먹는 것일까?
내 발자국에 놀랐나 한바탕 포르르 날아오른다
하늘색 배경에 갈색 무리들의 멋있는 춤사위가 벌어진다

그렇게 날아가면 내가 어떻게 그린단 말이냐

한쪽 귀퉁이에 가만히 숨어있자니 먹이를 두고 간 녀석들
결국은 다시 돌아온다
열심히 먹이를 탐하는 그 모습이 사람과 무엇이 다르랴
맛있게 먹는 소리가 작은 음악회 같다
그들이 먹이를 포기하지 못해 돌아오듯이
나도 그림을 포기 못하고 스케치를 하는 것이 꼭 닮았네

짐승과 사람이 서로 어우러져 살아가듯
우리 모두 평화를 잃을 수 없다
그렇게 싸우지 않고 웃음을 잃지 않는 그림을 그리다 보니

꽃처럼 아름다운 소리가 들려오는 그림이 탄생했다

추억에서 만난 모란 공원

수영 마치고, 그 길은 처음 길이지만 한 번 가보고 싶었다

나를 반갑게 맞이하는, 흰빛 목단
작은 공원에 흐드러지게 핀, 한 두 송이가 아니다
붉은 목단은 이미 다 져서 삭과만 매달리고

목단은 정말 내가 좋아하는 꽃이다
아니 아버지가 우리 집 작은 화단에 심으셨던 꽃이다

이곳을 나는 왜 몰랐을까
근방을 이리저리 돌아다녀 보았다
이게 웬일? 수십 년 전 초등학교시절 전쟁 전
어머니 심부름으로 여러 번 갔었던 고모님댁 청진동길이다
갑자기 어머니와 고모님이 보고 싶어졌다
눈에 익은 골목들이 따뜻이 발에 밟혔다

이 정다운 길을 몇 십 년 만에 만나다니,
아, 하얀 목단이 나를 이리로 안내했구나
내 눈에 빗물 같은 것이 맺혀 떨어졌다

나만 두고 하늘로 떠난 가족이 모두 눈에 밟혔다

기도하는 사람

여덟 살 어린 아이가 산에서 찾는 것은
공룡화석이었나?
큰 바위 아래 저 속으로부터 샘물이 솟아나올 때
소년의 눈동자만큼 맑은 샘의 근원은 어디쯤인지,
바위 밑으로 머리를 자꾸 디밀어보았다
찾아도 찾아도 찾을 수 없던 것,
그때는 알 수 없었다
바위 밑 그 속에 소년의 우주가 들어있지 않음을,

세상의 어려움과 슬픔을 가슴에 다 담고서야
목마른 자들 다 오라시던 말씀,
딱 한 분, 그를 위로할 수 있는 존재가 있음을 알게 된 것은
아주 아주 먼 훗날이었다

연둣빛 분홍빛 제비꽃빛 수국화가 피는 산자락,
새빨간 산딸기가 익어가던 풀숲,
멧새들이 음악회를 열어주던 그 계곡엔
신神은 계실 수 없었다

타는 목마름을 채워주기 위해
십자가상에서 손과 발에 못 박혀 죽음을 맞이한 분
군인들의 채찍을 맞으며 벌거벗겨진 채, 그 아픔은……

>

바위 밑에서 옥수의 근원을 찾으려 했던 소년,

이제는 목이 탈 때마다 엎디어 기도하지만,

왜, 여전히, 전쟁터에서 저 어린 목숨들은 총칼에, 포탄에

산화되고 있는가?

나팔꽃 노래

해묵은 장미줄기를 휘감고서
진보라빛 나팔꽃들이 담뿍담뿍 피었네!
보랏빛 바다에 내 영혼이 푹 빠진다

나이 차이가 많던 언니가 학교에서 퇴근할 때
가져오던 그 빵
교실에서 언니의 풍금소리에 맞추어 부르던
학생들의 그 합창소리
그때 불렀던 그 나팔꽃 노래

언니 시집가던 날 통곡하며 울던 철없던 막둥이
엄마 같았던 언니 선생님
어린 내게 입혀주던 보랏빛 세일러복
재봉틀소리가 들릴 것만 같다

나팔꽃들은 그저 화안한 햇빛을 벗 삼아
손뼉 치며 바람에 살랑거린다

이슬 같은 눈물방울이
가슴 위로 대롱대롱 떨어질 듯하다

바람이 써놓은 명시名詩

시월이다, 계절이 지나간다
대학병원 나무벤치 위로 가을냄새가 포르르 풍겨온다
맥문동 풀밭 위에 느티나무 노란 낙엽들이
떨어져 뒹군다

바람이 오래된 소나무 사이로 스쳐가듯
내가 살아온 만큼의 날들이 지나간다

저 노란 잎새들은 바람이 써놓은 명시들,
몇 줄 읽다보니,

나를 스쳐간 것들 속에는
몇 해 전 먼저 떠나간 내 친구의 일기,
병석에서 내게만 보여주던 그녀의 슬픈 이야기

가슴이 서늘하다
그리움의 색깔은 무엇을 닮은 빛인가,
초록 풀밭, 보랏빛 둥근 열매들,
바람결에 둥글게 둥글게 흔들린다

세상의 모든 것 가슴에 쓸어 담고
가는지도 모르고 지나가버리고 마는 삶

피아노 치는 바다

대천 바닷가, 흰 눈이 남아있는 모래사장
내 뒤를 따라오며 희고 힘 있는 손으로
피아노 건반을 두드리는 소리
페달을 밟으며 협주곡의 화음을 고른다

네게 갈 때마다 녹음기를 들고 가서 들려주던 곡
너는 아직도 멘델스존의 엄격 변주곡을 기억하니?
여러 개의 변주곡을 너는 좋아했었지

흰구름 드레스를 입고 오케스트라에 맞추어
피아노협주를 하는구나
수많은 청중, 산과 들, 나무들,
햇빛들이 모두모두 박수를 친다
돌멩이들까지도…

갈매기도 날개를 힘껏 펼쳐 브라보!
파도가 날개를 펴서 달려오고 또 온다
사랑스런 파도내음,
물보라꽃이 앙콜 앙콜 소리를 친다

솟구치는 연주를 들으며 나는
이 흰 모래밭에 잠들고 싶다

이 섬

■ 한남대학교 문예창작학과 졸업

■ 1995년 국민일보로 등단

■ 대표 작품집『향기나는 소리』

■ 시집『누군가 나를 연다』, 『향기나는 소리』,
『초록빛 입맞춤』, 『사랑아 어찌그리 아름다운지!』,
『황촉규 우리다』, 『고요의 맥을 짚다』, 『낙타에게 미안해』

■ 시선집『초록, 향기나는 소리』

■ 에세이집『외갓집 편지』, 『보통사람의 진수성찬』

■ 2천만원 고료 국민문학상, 김장생문학상대상,
한국시문학상 수상, 문예진흥원 우수도서, 세종도서 선정,
충남문화재단 창작지원금 수혜

■ 한국문인협회 계룡시지부장 역임

■ 이메일 2sum@hanmail.net

낙타에게 미안해

새벽녘, 달빛도 숨어버린 캄캄한 밤이었어

쌍봉낙타의 등에 앉아서

이집트의 시내 산을 오르는 길이었지

나무 한 그루 풀 한 포기 없는 돌산 길,

행여 떨어질세라 손이 저리도록

낙타 등에 달린 2개의 봉우리를 움켜쥐었지

서서히 어둠이 걷히기 시작하는 새벽녘

나는 못 볼 것을 보고야 말았어

지그재그로 이어진 가파른 돌계단을 오를 때,

바르르 떨고 있는 가녀린 낙타의 다리

덕지덕지 군살 돋아 갈라터진 무릎

>

그렁그렁 눈물가득한 눈망울,

방향을 조종하는 채찍소리

낙타의 등에 앉아 조금 더 편하게 산을 오르려는

무심한 나는,

예수님의 발자취를 찾아가는 순례의 길이었어

생각할수록 미안한 순례의 길

오랜 세월이 지났지만 지워지지 않는

실루엣

낙타에게 미안하다

벨라지오-삼박자

마법이 풀렸나보다 하루에도 서너 잔 씩 습관처럼
먹어대던 커피가 싫어졌다 때 없이 가슴을 쿵쾅거
리는 삼박자 커피가 갑자기 싫다 그렇다고 건강을
챙기는 것도 아닌데, 흥겨운 옛 가락의 추임새도 아
니면서 음정과 박자 음향이 잘 어울린다는 화음이
잘 맞는다는 삼박자, 달콤하고 쌉쌀하고 부드러운 맛,
레가토, 스타카토, 포르타토로 어울리는 음역을 좋아
했었는데, 텁텁하고 달큼한 맛의 늪에서 허우적이며
빠져나오지 못했다

어느 날부터였더라 썰물처럼 쓸어가 버린 맛의 반란
모래펄에 돋아난 송골송골한 혓바늘을 잠재우려
쌉쌀한 맛에 길들여지고 있다

고개만 까딱이면 노란색, 빨강색, 초록색으로 얼굴색이
변하는 경극의 주인공처럼 수시로 변하는 나,

이제 그만 마법의 상자에서 꺼내주세요!

꿀벌들의 말은 참 달콤하다

꿀벌들은 누구나 자기만의 칩을 갖고 있다
그들만의 언어,
그들끼리만 통하는 기호와 동작이 있다
먹잇감을 찾아 떠돌아다니는 그들에겐
춤이 곧 말이다 언어다

가까운 거리에 꽃이 있을 경우 원형 춤을 춘다
시계방향으로 빙글빙글 돌면서 또는
반대로 돌면서
꽃이 있음을 알린다
원형 춤을 본 동무들은
꽃을 찾아 날아온다

꿀벌들은 그들만의 대화와 몸짓으로
꽃 핀 장소와 위치를 너끈히 측정하는
암호가 있다
배려와 양보, 끈끈한 나눔을 설정한다

두두두두 서로의 존재를 확인하는 달콤한 칩이
장착되어 있다

통과의례. 포인세티아

축복의 꽃말을 가진 포인세티아

탐스럽고 빛고운 꽃을 피우기 위해
꼭 거쳐야 하는 통과의례가 있다
한 치 앞을 볼 수 없는
어두움 속에서 숨이 막히는 고통스러운
비밀의 문을 통과해야 한다

꽃이 활짝 만발하기 전
일주일 동안 귀 막고 입 막고 눈 감고,
겨우겨우 숨만 쉬고 있으라고
그래야 탐스럽고 고운 빛깔의 꽃을 피운다고
검정비닐로 화분을 덮어 씌워 놓는다

숨이 막히는 고통을 얼마나 참아야 하느냐고
울부짖으며
그래도 살아남아야 한다고 몸부림치며
발버둥쳤으면 선홍빛 붉은 입술이 검붉은 빛으로
변하여 꽃잎과 꽃술 바르르 떨고 있다

머지않아 곱디고운 축복의 색깔로 꽃을 피우리라

뻐꾸기와 놀다

가끔 뻐꾸기와 논다

이른 새벽, 텃밭에 나가면
새벽이슬에 목축인 낭랑한 뻐꾸기 소리 들린다
맑고 여운이 깊은 소리로 먼저 인사를 한다

슬쩍 장난 끼가 돌아 이중창이라도 하는 양
그의 소리를 흉내내 본다
"뻐꾹" 하면 나도 "뻐꾹" 하고 몇 번 받아주다가
뚝 그치면 뻐꾸기 소리도 뚝 그친다
울음소리를 내야하는 건지, 웃어야 하는 건지
깜박 잊은 듯
한참 있다가 사태를 파악했는지 다시 뻐꾹뻐꾹,

그에게도
기억력이 있는 듯, 감정센서가 있는 듯
줄다리기라도 하고 싶은 듯
넘어가지 않을 거라 다짐하고 있는 듯

때로는 이웃 같고, 친구 같은
뻐꾸기와 놀다

7번 국도

고성에서 포항으로 이어지는 7번 국도는
바다가 깔아놓은 축제의 카펫이다
짙푸르게 펼쳐진 수평선과 파도소리가
싱그러운 분위기를 돋아준다

굽이굽이 새롭게 펼쳐지는 바닷가 배경의
말쑥한 자태, 잠시도 눈을 뗄 수 없다
햇빛조명을 받을 때마다 반짝이는 물결
새하얗게 물보라 치는 섬세한 파도의 레이스가
돋보인다

고단함과 서러움으로 마음이 텁텁해지거든
7번 국도 반짝이는
조명 속으로 들어가 볼일이다
허리를 곧추세우고 우아하게,
갈매기와 파도의 박수갈채를 받으면서
어깨 한 번 힘껏 펴 볼 일이다

화풍경운和風慶雲

담양 죽녹원 왕대 숲에 가면
어디선가 화음이 잘 된 음악소리 들린다
20m-30m 쭉쭉 뻗은 왕대 숲에서
바람이 켜는 악기가 단연 돋보인다
바람의 음역은 무한대다
고음과 저음을 마음대로 넘나들며 어떤 음색도
담아낼 수 있다
잔잔하게 가슴을 다독이며 두드리는 소리,
삶의 때로 찌든 마음을 청량하게 씻어준다

면암정 누각,
청정대숲에서 아침이슬을 먹고 자란,
차가 마음을 닮고 마음이 차를 닮는다는
죽로차 한 잔 나누며
옛 선비의 풍류를 나누고 싶다

유유자적

협곡에 들다

하늘도 땅도 세 평,
꼭 그만큼만 눈에 들어오는
낙동강 세 평 비경길
영동선 분천역에서 승부역을 잇는 협곡열차가
느릿느릿 달린다

협곡열차를 끼고도는
큰 바위 쉼터길, 아찔아찔한 바윗길, 하늘 오름길,
심마니 둘레길, 산들산들 바람길
이름만 들어도 어여쁜
한국 대표관광길이 있다

하늘과 땅이 작아 보여서인지
가벼워진 내 생각주머니
모처럼 여유롭다
바쁠 것도 급한 것도 없이 한가롭다

층층나무 울창하게 어우러진 나무들 사이로
어른대는 그리움의 빛깔
청정한 바람의 그림자가 떠오른다

다시 한 번 가보고 싶은 낙동강 세 평길,
ㄴ림의 길이 있다

지금은 기다려야 할 때

올해도 변함없이 이팝꽃이 만개했다
사기주발에 소복소복 하얀
쌀밥을 담아 놓은 듯
가로수 길이 환하다

소원했던 친구를 만나 가볍게 건네던,
"우리 밥 한번 먹자"라고 약속했던
정겨운 말,
아직 뜸 들이고 있는 중이었는데
밥 한번 먹자는데
마스크에 손소독제, 칸막이 등
갖추어야 할 것이 너무 많구나
친구야
아직은 때가 아닌가 봐
기다리자 마음의 빗장을 활짝 열어놓고
느긋하게 안부를 실어주며
가슴 벅찬 만남을 기다려 보자

머지않은 날, 뷰가 아름다운 카페에서
질기디질긴 코로나를 얘기하면서
암울했던 시간들을 다져낼
다시 올 행복한 그날을 기다리자
친구야!

존재에 대하여

텃밭 가에 널찍하게 터를 잡은
잡초를 뽑다가
투덜투덜거리며
질경이풀의 질긴 뿌리를 캐내다가

문득 이 땅에 잡초는 없다는 말이 떠오른다
질경이, 명아주, 고마리, 강아지풀, 괭이밥……
자기의 이름을 걸고
나름 소명을 가지고 주어진 이름에 걸맞게
생명력을 과시하는데,

터를 잡고 뿌리 내리고
번창하는데,

쓰임새를 확인하지 못한 것일 뿐
아무 쓸모없는 잡초는 없다고,

밟히면 웅크리고 넘어지면 일어나야 하는,

너, 세상에 하나밖에 없는
소중한 존재,

이혜선

■ 동국대학교와 세종대대학원 졸업(문학박사)

■ 1981년『시문학』추천

■ 시집『흘린 술이 반이다』,『운문호일雲門好日』,
『새소리 택배』,『神 한 마리』외 다수

■ 저서『이혜선의 시가 있는 저녁』,
『문학과 꿈의 변용』,『이혜선의 명시산책』

■ 세종우수도서(2016), 운동주문학상,
예총예술문화대상, 비평가협회평론상 외 다수 수상

■ 동국대 외래교수 역임, 현재 한국문인협회 부이사장,
문체부 문학진흥정책위원

■ '향가시회' 동인

■ 유튜브 이혜선시인 TV

■ 이메일 hs920@hanmail.net

■ blog 이혜선의 문학서재 daum.net/hs920

운문호일雲門好日, 풍경소리

살을 벗은 물고기

내장도 다 벗은 물고기가

밤마다 가시멍석 위 맨발로 노래한다

퍼렇게 멍든 이끼가슴 남몰래

잉걸불 꽃피운다

재만 남은 맨발에서 새잎이 돋아난다

하늘강물 걷는 알몸 그 여자,

잉걸불 노랫소리 탄다

불이不二, 장자와 나비

시계의 한쪽 허리를 잘라낸다
세슘원자의 92억 번 진동소리 잘라낸다

힉스와 커크의 폭발로 우주의 빅뱅이 일어난 곳에
세슘원자들이 무덤 속 먼지를 털고 나왔다
놀란 눈을 크게 뜨고 날아다닌다

구겨진 원자들의 진동보자기를 펴본다
따뜻한 동굴 속의 벌거숭이 내가 달려나온다

빌딩 감옥에서 컴퓨터에 붙어버린 호모 모빌리쿠스
네모난 눈동자, 네모난 얼굴
모래바람 사막을 건너가는
나를 똑바로 바라보는 조각조각 세슘원자들의 눈

진동하는 노을 한 허리를 잘라낸다
먼지모래 어딘가에 숨어서 나를 조롱하는 너,

아득한 원시적부터 나를 찾아 헤매는
너를 만나려고
힉스와 커크의 폭발 속으로 다시 들어간다

그대 안의 새싹

무를 깎다가 빗나간 칼이
손바닥을 깊숙이 찔렀다
뼈가 허옇게 드러나고 피가 멎지 않고 흘렀다

손이 퉁퉁 부어,
마음도 덩달아 부어올라
눈도 코도 귀도 없는 나날이 영원히 계속되었다

그런데 어느 날인가
갇힌 창 안쪽에서, 부기 빠진 상처가 딱지를 만들며
제자리를 잡아갔다

그 뒤로 나는
가슴에 구멍이 숭숭 뚫려도, 아무리 피가 흘러도
바깥에서 부는 꽃바람, 먼 곳의 눈빛을 기다리지 않는다

촘촘한 시침의 그물 짜는 어부가 되어
내 안의 바다 깊푸른 수심에
가만히 두레박줄을 풀어놓는다

저 깊은 뿌리에서 연초록 새싹이, 기쁨의 꽃 한 송이가
피어오를 때까지 숨을 고르며
고요히 두레박줄을 당긴다

디오게네스달팽이

지하철 계단에서 그 사람을 만났다
어깨에 걸머멘, 몸보다 큰 통가방
터진 지퍼 틈새로 삐죽이 내다보는 철 지난 얼굴

나선형 등껍질 속에 몸 오그려 넣고
더듬이 곧추세워 더듬더듬 기어가는 달팽이
맨몸 찰싹 땅에 붙여 기어가는 민달팽이

지하철 계단에 끈끈한 점액 묻혀가며
이루지 못한 꿈 부스러기 흘려가며
길 없는 길 기어오르는 디오게네스달팽이

잊고 있던 내 마음 속 그 사람을 만났다

햇빛 한 줄기 찾아
천지가 내 집인 달팽이
느려도 늦지 않은 달팽이*

* 정목스님의 『달팽이가 느려도 늦지 않다』에서 차용

71

아라홍련* 꿈 밖의 꿈

아라가야 깊은 진흙 속에 내 몸을 묻고
그대 오실 날만 헤며 기다렸지요
그리 깊었던가요
내 속에 그댈 품고 잠든 날들이,

꽃잎 하나에 일백년 삼만육천오백 날
꽃잎 하나엔 일만 시간 일억 시간, 잠 속에서도 행복했어요
열두 겹 분홍날개 노란 암술 살며시 닿아 깨워줄 그대
입술, 기다리던 그 시간들이,

칠백년 쉬임 없이 쇳물 피워 올린 아라가야 꽃불 속에 나
비로소
눈뜨는 오늘
이 순간을 바라 캄캄 시린 어둠 밝히며
숨을 멈추었지요
하늘 품는 꿈을 꾸었지요

그대 앞에 바치는 찰진 진흙마음
해를 품은 아라낭자의 사랑
천년만년 굽히지 않는 푸른 받침대
연분홍 연연한 봉오리로
나 이제 다시 꿈꾸어 올리오리다

그대와 나, 우리 아이들이 달려갈 영원한 아라가야

새하늘 새땅을,

* 함안 성산산성城山山城 안에 있는 연못에서 수습된 700년 전 고려시대
연씨가 발아하여 피운 연꽃

명왕성이 뜬다

봄 오면 보랏빛 눈물송이 뚝뚝 지고
가을 오면 둥근열매눈물로 뚝뚝 지는 나무

귀 밝은 사내 하나 물관부에 흐르는 그 마음 알아듣고
한 생을 바쳐 갈고 닦은 나뭇결 윤나는
열두 줄 명주실 가락, 내 손끝에 실려 천년바람 불어나온다
죽어서야 비로소 가지는 제 소리 애닯은,
흥에 겨운 제 가락

바람소리 산울음 물울음 소쩍새노래
둥기둥 둥둥 둥
웃녘 저수지에 해 머금은 명왕성이 뜬다
눈물 머금은 큰 별 귀 밝은 그 사내

오동꽃 보라꽃 지는 밤
머리맡 바람벽에 세워둔 열두 가야금
열두 가닥 명주실에서 제각기
비어있는 절터 한 채씩, 그 속소리
파르라니 걸어나온다

운문호일雲門好日, 마른 닭뼈

닭튀김을 먹고 남은 뼈를
뒷마당에 널어 말린다

맑은 가을볕손가락이 뼈들을 바짝바짝 말린다
길고 짧은 뼈들을 속속들이 말린다

제자들과 길을 가던 석가모니는
길가의 마른뼈 무더기를 보자 그 앞에 절했다지
몇 생 전前 부모의 뼈인지도 모른다고
검은뼈 흰뼈 삭은뼈 덜 삭은뼈에 공손히 절했다지※

나도 오늘
말라가는 닭뼈에 마음으로 절한다
몇 생 전 부모님 뼈,
몇 생 후의 나의 뼈,

굽이굽이 휘어지는 강물의 흰뼈가 보인다
산비탈 오르며 미끄러져 주저앉는 뒷모습
굽어진 구름의 등뼈가 보인다
뒤틀린 바람의 무릎관절이 다 보인다

바람 든 이승의 무릎 꿇고 다시금

마른 닭뼈에 절한다

*『부모은중경』에서 차용

간월看月

간월암 동쪽문 안에서
문살 사이로 뜨는 달을 본다

흩날리는 눈송이 따라 내려와
내 마음 속에 태어나는 무수한 달

인등불 따라 반짝이며
저승길까지 밝혀주는 달

다 저녁때
혼자 돌아서는 쓸쓸한 갯벌 위로 따라오는 달

살구나무 아래 쪼그리고 앉아 하루 종일 울던
엄마 잃은 아이에게
괜찮다 괜찮다, 등을 토닥여주는,

첩첩 닫힌 마음문살 활짝 열어젖히는,

타인능해* 소나무

6.25 동란이 조금 숙어지자 옥열리 사람들은 두 달여 피난길에서 이고지고 안고업고 고향으로 돌아왔다 무근절 20여호, 안터골 30여호 모두 불타서 연기만 모락모락, 후퇴하는 국군의 초토작전에 집도 옷도 가재도구 모두 잿더미, 아기를 풀밭에 뉘어놓고 불탄 자리 재를 쓸었다 움직일 수 있는 사람 모두 나와 집터를 닦았다

앞산과 절골의 아름드리 소나무가 밤낮없이 툭툭 잘려나갔다
아버지는 짐짓 못들은 척
보아도 못 본 척 알아도 모르는 척

우리 산의 소나무 모두 동네사람들 기둥 되고 서까래 되었다
집 없는 이들에게 타인능해쌀보다 타인능해소나무가 더 급한,
따스한 둥지 되었다
찬바람 얇은 옷깃 파고드는 겨울초입에,

* 낙안군수 류이주가 운조루에, 쌀 두 가마니 반이 들어가는 뒤주를 설치하여 '他人能解'라고 써놓고 누구나 열어서 가져가게 했다

흘린 술이 반이다

그 인사동 포장마차 술자리의 화두는
'흘린 술이 반이다'

책 읽으며 연속극 보며 훌쩍이는 내 눈, 턱 밑에 와서
"우리 애기 또 우네" 일삼아 놀리던 젊은 그이
요즘 들어 누가 슬픈 얘기만 해도 눈물 그렁그렁
오늘도 퇴근길에 라디오 들으며 울다가 서둘러 달려왔노
라고,

새끼제비 날아간 저녁밥상, 마주 앉은 희끗한 머리칼
서로 측은히 건네다 본다

흘린 술이 반이기 때문일까
함께 마셔야 할 술이 아직은
반쯤 남았다고 믿고 싶은 눈짓일까
속을 알 수 없는 생명의 술병 속에,

정복선

- 전북대학교와 성신여대대학원 졸업
- 1988년 『시대문학』 등단
- 시선집 『젊음이 이름을 적고 갔네』
- 시집 『종이비행기가 내게 날아든다면』,
  『마음여행』, 『여유당 시편』 등 7권
- 영한시선집 『Sand Relief』
- 평론집 『호모 노마드의 시적 모험』
- 동인지 『현대향가』 제1−4집, 『유유』 제1집
- 한국시문학상, 한국꽃문학상대상,
  김삼의당 시서화공모대전대상 등 수상,
  경기문화재단지원금 수혜
- 한국경기시협부이사장, 한국시협회원,
  국제PEN한국본부자문위원, 『한국시학』 편집위원
- 이메일 cwsanin@hanmail.net

매글렁 기차시장*

기찻길 시장

하루에 8번 기차가 온다

기차가 지나갈 때마다 천막을 치우고

상인들은 좌판을 들여놓고 잠시 몽상한다

두근두근, 레일, 침목을 밟고 소쩍새울음 시작되는 곳까지

기차를 타면 더 쉽게, 랄 룰 랄 라~

하루에 꼭 한 번 가보고 싶은

어디, 먼, 나라

* 태국 방콕 근교의 야채, 과일, 해산물 시장

마음여행, 대나무와 시詩

옮겨 심은 대나무가 뿌리내리지 못하고
다시금 겨울의 매서운 한파에 시달린다
몇 대나 살아남았을지,
곳곳에 시들이 넘쳐나고
내가 쓰지 못한 좋은 시편들이 댓잎처럼 나부끼고 있어서
더 써야 할 아무런 이유도 없다
화선지 앞에 앉아서 남들이 이미 떠나간 대숲 눈밭에
서투른 발자국이나 찍으며, 보르헤스가
재규어의 점에서 해독해낸 신의 비밀한 문자를
댓잎에서 찾아내고 싶다는 게 어디 당키나 하겠냐만
나부끼는 바람을 좇아 대를 치고 댓잎들을 친다
대나무 사이에서 포르르 날아다니는 새들처럼
겨우내 대나무를 떠나지 못했다
눈밭에 발자국 내는 일만으로
내가 누군지는 생각지 않았다

배추흰나비였든가
— 최명희

삶의 골목을 한참 돌아서
이 지상에서 만난 단 한 번의 자리
비슷한 시기에 소녀시절을 보낸, 또 대학동창이기도 한
고향 전주에서도 아니고 같은 문인들의 모임에서도 아닌
'무주리조트' 사보에 실을 단편소설을 청탁하는 입장에서
처음이자 마지막으로 마주본 어느 화창한 한때,
그녀는 문장으로 치면 화려체였고 계절로 치면
울울한 여름이었으며 그림으로 치면 샤갈이었다
한 시간여의 이야기 중에 펼쳐 보인 작업구상
물론『혼불』을 한창 쓰던 무렵이었는데도
앉은 자리에서 말로 단편소설 세 편을 써버렸다

칡넝쿨처럼 한없이 뻗어나가는 머리칼
배추밭으로 새파랗게 출렁대는 몸, 그리고
눈과 입에서는 하얀 꽃잎파리가 폴, 폴, 폴
휘날렸다. 아니 아마도 그건 배추흰나비였든가

그녀의 시간을 다 갉아 먹은 후 누추한 집을 버리고서
비의秘義의 세계로 훨훨 날아간, 배추흰나비의
한 생애!

부석사 괘불

붉은빛과 녹색, 채색구름이, 가슴에는
흰 끈이 매듭지어져 길게 강줄기로 흘러내린다
인도 사르나트의 초전법륜상의 미소처럼 흐른다

부석사 괘불, 이라 쓰여 있다
모습 있는 것 속에 숨어있는 모습 없는 아름다운 몸!
꽃무늬 커튼과 꽃이부자리 속에서 꿈을 꾸면
거친 꿈도 어여쁘다
마음은 잘린 대숲같이 피 흘리기 일쑤이지만
내 몸속에 숨어계신 모습은 늘 상처 하나 없다,
세월에 균열지고 닳아가도
향기롭다,

내 방벽에 붙인다
부석사, 산 너머 또 산의 능선들이
얼쑤, 추임새를 넣는다

세상은 살얼음판

다산 선생께서 그토록 일렀건만
살얼음판을 잘못 디뎠다
정말 내 발을 떠받쳐주는 징검돌이라 믿고 딛었건만
박살이 나면서 차가운 진흙 뻘밭에 빠졌다
여유與猶, 세상을 살얼음판처럼 조심조심 디디라는 말씀을
흘려들었었다 시리다 못해 온몸이 망가질 듯해서
가장 가깝고도 가장 먼 꼬리를 잘라버린다
아픔보다 더한 들끓음을 잠재우기 위해
여유당與猶堂*, 을 한 바퀴 돌고나서 북한강변을 하릴없이
걷기로 했다, 선생의 18년간의 유배를 생각하면
무얼 못 참겠는가
그저 목숨을 세상에 맡기기로 한다

* 다산 선생 생가의 당호

한 예술가의 초상

사랑채건 행랑채건 정자건 가리지 않습니다
한 잔 술에 한 구절의 시, 이 그믐의 길을
보름달과 뜸부기 울음소리로 바꾸지요
지루한 무망함은 모란꽃잎으로
꽃잎 뒤엔 애벌레, 그 속엔 꼬깃꼬깃 날개를 숨겨두고
누가 암향暗香에 옛사랑이라도 떠올리면 그뿐,
세상만 한 화선지에 떠돌이의 설움을 휘두르면 그뿐,
눈바람에 등 떠밀려도 손끝과 마음속 불을 어찌 끄겠습
니까
또, 오늘은 이 집에서 나부끼겠지요 엊그제는 먼 마을에서,
최, 石痴라고 말미에 씁니다, 잊어도 됩니다

인력과 중력의 유희

달은 지구를 향해서만 울음 우는 한 마리 새인데
지구는 홀로 사유하면서 동시에 태양을 사유하는 탁월
한 니체
또 태양은 우리 은하수은하의 중심, 그 무언지도 모를
그게 시간인지 비애인지, 아니면 주문인지 죽비인지 모를
수수께끼의 한 점을 중심으로 초속 200킬로미터의 속도로
2억 5,000만 년에 한 바퀴 돌고
(현재 스무 번쯤 돌았고 스무 번쯤 더 돌 태양의 운명)
우리 은하수은하는 그것이 속해 있는 국부은하군의 다른
은하들과 함께
처녀자리은하단 방향으로 초속 600킬로미터 이상의 속
력으로 달려가
(백억 년 이내에 그곳에 도달한다고)
왜! 그래서?

투드득 뒤뜰에 떨어지는 산밤 소리

불발탄 화분

무엇을 향해 진화하고 있던 걸까

파충류와 포유류를 거쳐 인간이 될 수 있었다는 학설처럼

저것도 처음부터 포탄이 되려던 건 아니었을 거야

바나나를 길게 가르듯 몸을 반으로 나누어

테이블이 되고 벤치가 된 그 자리에

바람이 씨를 뿌린 건 신의 솜씨!

고통도 다하면 노래가 되는지

한 생애가 기울면 다시 날아오르고 싶은지

가득, 출렁거리는 대지, 꽃, 풀……

호치민 루트*를 헤치며 다음 세기를 위해 초승달 배가 떠
간다

* 베트남전 때 베트콩 군수물자 및 병력 수송 라인. 라오스 일대에 2억
6천만 개의 집속탄Cluster Munitions 자탄이 투하된 것으로 추정되고, 그 불
발탄에 의한 민간인 피해는 계속되고 있다

벌레미인

우주의 품에 안겨 숨 쉬는 찻잎, 에 안겨 붙어

사각사각 신명을 따라 읽다가 쓰다가

벌레들이 열공 중이다

파헤치고 배산임수의 터를 차지하는가 하면

나비와 벌새들의 날갯짓, 혹은

매미들의 한 철 울음을 미리 휘갈겨 놓는다

하, 별로 세상에 기여한 게 없다, 그럼에도

못자란 찻잎으로 만든 '동방미인東方美人'*,

초록애매미가 숭숭 불러들인 살바람이나 별빛 입술로

찻잎에 음송하고 있는 천일야화,는 아직 끝나지 않았다

* 한 게으른 이가 차농사를 망쳐 벌레 먹은 찻잎으로 만들게 된 백호오
롱차에 붙여진 새 이름. 초록애매미가 줄기의 진액을 빨아먹어 자라지 못
한 찻잎에서 오히려 상큼하고 향기로운 과일향이 생긴다고 함

인디아, 내 마음의 릴리프 3
― 맨발의 길

맨발로 다녀야 할 곳이 있었네

햇살에 신발들 나란히 벗어두고

아잔타 석굴, 카주라호의 힌두교, 자이나교 사원 등지에서는

내 대신 세상 온갖 궂은 데를 질러오느라

젖은 혹은 목 타는 발일랑은 거기 얌전히 널어두고

처음 태어날 때의 맨발로 잠시 있었네

내 친구 정희는 맨발을 즐겼네

신발 위에 덧신을 신을 수 있는 타지마할에서도

아예 먼 출입문에서부터 신발을 버리고

정원을 지나 산책로를 따라 그렇게 맨발로 걸었네

유유히 다녔던 전생前生의 탁발의 길을

주경림

■ 서울 출생
■ 이화여대 사학과 졸업
■ 1992년『자유문학』시 당선
■ 시집『풀꽃우주』,『뻐꾸기창』외 2권
■ 시선집『무너짐 혹은 어울림』
■ 한국시문학상, 중앙뉴스문학상, 한국꽃문학상대상 수상
■ 이메일 jookyunglim@hanmail.net

파초 잎 음계
— 김홍도의 월하취생도月下吹笙圖

봄비가 파초 잎 위에 내리자
연녹색 담묵으로 번지는 생황의 울음

봉황의 날개를 달고 싶던 사내,
김홍도가 파초 잎 위에 무릎을 세우고 생황을 부네
옷매무새도 나 몰라라
탕건은 썼지만 무릎까지 내놓은 맨발이네
널따란 파초 잎에 올라타 신선이 된 사내

후득, 후득, 봄비가 밟는 대로
봉황의 날개를 퍼득이며
파초 잎이 내는 신선의 연녹색 울음소리에
봄밤이 환하게 슬프네

르네 마그리트의 새장

어느 날 아침, 마그리트가 일어나보니
새장 속에서 자던 새가 커다란 알로 보였다*
베다에 나오는 호마새의 알이었다

새장을 가득 채운 알의 꼭지에서
어린 새의 붉은 부리가 나왔다
새장 줄무늬 날개를 달고
몇 번 덜컹덜컹하더니 허공으로 날아올랐다

허공이 눈부셔
이마에 손을 얹고 멀리까지 올려다보았다

허공에 알을 낳는다는 호마새,
알은 떨어지면서 부화하는데
땅에 닿으면 죽는다고 한다
그래서 새장 통째 허공으로 날아갔다

어느 날 아침, 눈을 떠보니
새는커녕 새장도 보이지 않았다

* 르네 마그리트 작품 「선택적 친화력 Elective Affinities」 1933

꽃병소화기Firevase

꽃병이에요
붉은 장미 한 송이를 꽂아도 좋구요
노란 소국 한 다발과도 잘 어울려요

평소에는 꽃병으로 쓰다가
불이 나면 던져요
깨지면서 터져 나온 소화액으로 불을 끄는 소화기
그래서 이 꽃병에 꽂힌 꽃들의 꽃말은 '안심'이래요

누가 불난 집*인 내게도 좀 던져주세요

노란 소국 실린 수레를 타고
불난 집을 빠져나올 수 있게,

마음의 불을 끄고
흰 암소가 끄는 수레**를 탈 수 있게

*『법화경』「비유품 譬喻品」의 '불난 집火宅'의 비유
"중생의 고통이 가득 차서 몹시 무섭다. 언제나 생사·병사의 두려움이
있다. 이 같은 두려움은 불과 같이 항상 타올라 그침이 없다."
** 장자의 집에 불이 났을 때 노는 데 팔려 미처 빠져 나오지 못한 아이
들을 수레를 준다는 말로 끌어낸다

깨져서 온전한 세상

계룡산 학봉리 가마에서 나온 분청사기들
참, 잘도 깨졌다

점박이 쏘가리가 지느러미를 펴서
깨진 접시 단면을 훌쩍 날아오른다
연꽃문, 모란문, 당초문 넝쿨이 깨진 금을 타고
분청항아리 밖으로 낭창낭창 뻗어나간다

물고기 입에서 연꽃 줄기가 뻗어 나오며
하늘 바다로 확 트인다
사기파편들이 하늘바다에 닻처럼 꽂혀 있다

분장 백토가 다 벗겨지도록 몹시 부서져
태토가 거칠게 드러난 조각도 있다
옷이 벗겨지고 화장까지 다 지워지니

와, 시원하다

깨진 것들을 모두 한곳에 모아놓으니
불구가 온전해 보이는 세상,
모두 방생이다

DNA 갈등 해결사

DNA이중 나선 구조를 읽어보네
칡나무는 시계 반대 방향으로 돌며 자라고
등나무는 시계 방향으로 감아 오르다
서로 엉켰네

정원사야, 가위를 가져오렴,
크리스퍼 캐스 유전자 가위를 가져 오렴
두께 없는 날을 가진 유전자 가위로
감쪽같이 아픈 곳을 자르고
재빠른 붙여넣기로 갈등의 고질을 고쳐다오

가위질이 유전자 조작으로 가지 않게
신기와 기술의 묘를 넘는
포정해우庖丁解牛의 도를 보여주렴

영축산 기슭의 고래들
— 조계종 종정 성파 스님의 나전 옻칠 반구대 암각화

독수리가 양쪽 날개를 활짝 펼치고 날아오르려는
영축산 기슭,
인공수조에서 고래들이 헤엄친다
귀신고래, 범고래, 향고래, 북방긴수염고래, 혹등고래……
거북이, 사슴, 호랑이, 멧돼지, 사람도 보인다

울산 대곡천의 반구대 암각화를 탁본 뜬
서운암 앞마당 수조에 고래들을 풀어놓았다
삼베에 옻칠을 하고 다시 삼베를 붙이고 다시 칠해
할머니 자개장같이 검고 단단해진 바탕 위에
알록달록한 고래들이 놀고 있다

새끼를 등에 업은 귀신고래는
서운암 장독대에 앉아있던 공작새 깃털빛,
이팝나무 꽃빛 수의를 입은 작살 맞은 고래,
북방긴수염고래 세 마리가 물을 뿜자 수국꽃이 피어난다
황매화빛 일렁거리는 그물 쪽으로 거북이가 기어간다
금낭화빛 물고기들이 조롱조롱,

작약꽃빛, 각시붓꽃 멧돼지 한 쌍이 사랑을 나눈다
새끼를 밴 호랑이는 유채꽃빛,
사슴이 연두 잎 달린 뿔을 흔들며 뛰어간다

>
바위에 갇혔던 암각화 동물들이 물속에 방생,
스르륵 다시 물속에 비친 하늘로의 왕생,
옻칠자개라는 새 입성으로 극락에 온 것이다
내 그림자도 어룽어룽 고래와 놀고 있으니
나도 극락,

송홧가루가 뿌옇게 은하수로 걸리자
모두 사금파리 별빛으로 반짝인다

무너짐 혹은 어울림

들꽃마을 재개발지구 공사장에는
망가진 철근들이 한 무더기 모여 산으로 솟아났다
뒤엉킨 무리 중에도
어떤 것은 아직 힘이 남아 고개를 쳐들고
삐죽한 끝으로 하늘을 찔러 본다
서로 켜 안고 녹슨 뺨을 비비는 것들,
새끼 꼬듯 내 몸 네 몸을 번갈아 감고
하나로 합쳐진 것도 있다
잘 나갈 때는 힘주어 하늘과 땅을 받치느라
콘크리트 속에서 꼼짝을 할 수 없고
혹여, 몸이 닿을까 경계했지만
이제는 끼리끼리 팔을 베고 누워 보고
등을 대고 기대어 앉는다
싫증나면 저만큼 혼자 떨어져 있기도 한다
딱히 할 일이 있는 것도 아니고
제멋대로 뻗치고 휘어지면 그뿐,
무너져서 참 편안하고 자유로운 세상이다

아마, 우리 죽음도 이와 같지 않을까

꽃살문 꽃송이해

아침이면 쌍계사 대웅전 열 짝의 꽃살문에
400개의 꽃송이해가 뜬다

연꽃해, 모란해, 작약해, 무궁화해……
활짝 핀 해, 한 잎 두 잎 꽃잎을 펼치는 해,
입을 꼭 여민 꽃봉오리해도 있다

덤벙주초 위에 세워진 민흘림기둥 사이에
송화빛, 제비꽃빛, 자운영빛 해가 뜬다
세월에 씻겨 부드럽고 차분해진 빛을 머금었다

대웅전 가운데 문, 어간이 반쯤 열리자
꽃살문해들이 쏟아져 들어와
석가모니불 앞에 햇빛 좌복으로 환하게 깔린다

조심스럽게 햇빛 좌복 위에 엎드려본다
"淨極光通達 寂照含虛空"
청정함이 지극하면 광명으로 통해
고요한 비추임은 허공을 머금는다는
주련의 뜻을 알 것도 같았다

허공을 머금은 꽃송이해가 내 안에도 뜬다

'혼돈混沌'을 빚다

물속에서 잘 익은 노란 달을 길어왔어요
쏟아 붓자,
달이 자취를 감춰버렸어요

달이 녹은 그 물로
먼 우주에서 날아온 흙,
바다 밑바닥에 오랜 시간 쌓였던 흙을
차지게 반죽해요

한 가닥 위에 또 한 줄기……
타래쌓기 해요
불 속에서 갈색의 달덩이가 구워져요

덤벙, 백토 물에 담갔다 꺼내요
아가리가 셋으로 갈라진 분청사기에
달의 눈물인 백토물이 주르륵 흘러내려요

물과 흙과 달을 섞어 불에 구워낸
급월당汲月堂* 윤광조의 작품「혼돈」이에요
세상에 하나 밖에 없는 그릇에
태초의 모습이 넘치게 담겨있어요

---

* '물 속의 달을 길어 올릴 수 있는 작가', 최순우 선생님이 도예가 윤광
조(1946~)에게 지어준 호

폐업정리

버스 정류장 앞, 옷가게 유리창에
'폐업정리'
크게 써 붙였다

버스 기다리는 시간에
마네킹의 세련되고 아슬아슬한 옷맵시를 바라보며
눈요기하기가 즐거웠는데

옷가지가 다 팔려 횅한데도 문 닫지 않았다
호기심에 가까이 가보았더니
'폐업정리' 밑에 잔글씨가 보인다
'마네킹도 팝니다'
들여다보는 내 얼굴이 겹쳐 비쳤다

왠지 모르게 갑자기 슬퍼졌다
마치 내 영혼을 헐값에 내놓은 것 같아

유유하게, 면면이 유장하게

주경림 시인

유유하게, 면면이 유장하게

주경림 시인

1. 들어가며

작년 여름에 국립중앙박물관에서 인류 진화 700만년을 돌아보는 「호모사피엔스」 특별전을 관람했다. 들소, 말, 새, 사냥꾼, 주술사 등이 그려진 프랑스 라스코 동굴 벽화를 재현한 영상 코너에서 사슴 다섯 마리가 떼를 지어 강물을 건너는 장면이 가장 인상 깊었다. 라스코 동굴 깊숙한 곳, 튀어나온 바위에 붉은 사슴 다섯 마리의 머리들만 그려져 있었다. 사슴 목 부위로 석회암 특유의 물결무늬가 보였다. 암벽의 울퉁불퉁한 자연 형태의 질감을 이용해 강물을 건너는 사슴 떼의 모습을 실감나게 표현한 것이다. 뿔이 아름다운 선한 눈매의 사슴들이 줄지어 저 언덕으로 건너가고 있다. 1만7000년 전 그림에서 "참방, 참방", 어둠을 뚫고 바위 주름 물결 헤치는 소리가 들려왔다.

이 시기는 호모 사피엔스와 네안데르탈인 사이의 경쟁이 치열하게 벌어진 때였다. 동굴 벽화를 그리며 바위 주름을 강물로 보는 상상력을 갖추고 언어와 상징을 이용한 의사소통과 협업을 할 줄 알았던 호모사피엔스가 체력적으로 우세했던 네안데르탈인을 멸종시킨 것으로 추정된다. 현재 78억 명인 지구인은 지혜로운 인간, 호모 사피엔스라는 단일종으로 진화했다. 동굴벽화가 대표적인 증거로 인류학자들은 호모 사피엔스의 생존 능력 중 하나로 예술을 꼽는다.

문학, 역시 보이지 않는 것, 들리지 않는 것도 보고 들을 수 있는 상상력에 기초한다. 특별히 시의 세계는 상상력과 상징으로 빚어내는 언어의 축제 한마당이라 할 수 있다. 〈유유〉 동인의 시에서도 인류의 진화에서 우위를 차지할 수 있었던 상상력의 DNA가 면면이 발현되고 있다. 지면상으로 〈유유〉 동인들의 시축제에 시를 아끼고 사랑하는 호모 사피엔스, 여러분들을 초대한다. 기꺼이 함께 어울려 즐거운 시간이 되었으면 하는 바람이다.

2. 「나팔꽃 아침」과 바다 속 장서관

김현지 시인은 지리산 자락, 경호강이 내려다보이는 산청에 제2의 삶의 터를 마련했다. 풍광이 수려하고 공기가 청정한 지역에서 그의 시도 더욱 맑고 향기롭게 피어나고 있다.

비가 내려도 바람이 불어도 내 이름은 아침입니다

구름, 바람 차곡차곡 가슴에 쟁이며

움튼다는 것, 싹 튼다는 것,

모두 가만히 움켜쥐고 견뎌온 이야기

숨죽이고 가만가만 살아 낸 이야기들

오늘 아침 당신에게 모두 들려드릴게요

빨강, 보라, 하양, 분홍……

그대 가슴 속 환히 밝히고 싶어

날마다 피어나는 내 이름은 아침입니다

아침이란 이름의 연보랏빛 희망입니다
— 김현지, 「나팔꽃 아침」 전문

"내 이름은 아침"인 나팔꽃 시인은 꽃대궐에 살면서 시시 때때로 꽃사진 영상을 올려 우리의 눈을 즐겁게 해준다. 오늘 아침에도 수선화, 할미꽃, 홍매화, 산다화, 돌단풍, 박태기 꽃사진을 한아름 보내왔다. 눈뿐만 아니라 마스크를 쓰고 은둔의 생활에 지친 우리에게 "그대 가슴 속 환히 밝히고 싶"다며 희망의 메시지를 전해준다. "구름, 바람 차곡차곡 가슴에 쟁이며" 움켜쥐고 견뎌온, 숨죽이고 살아낸 이야기를 움 틔우고 싹 틔운다는 것이 우리네 삶의 모습 그대로이기에 날마다 피어나는 아침의 감동이 그대로 전해진다. 필자가 혓바닥에 좁쌀처럼 작은 혓바늘꽃이 돋아 물 한 모금에도 눈물이 찔끔 나던 날, 세상의 모든 꽃들이 통점으로 보였다. 뿌리까지 앓으며 견뎌온 통점이 터져야 "연보랏빛 희망"이라는 이미지로 날아오를 수 있다. 고통이나 슬픔 등의 부정적인 언어를 사용하지 않고 나팔꽃이 아침의 메신저가 되기까지의 곡진한 사연을 조근 조근 들려주는 시작법에서 연륜의 안정감이 자연스럽게 느껴진다.

「어느 봄밤의 간이역」, 「초여름 소묘 1」, 「초여름 소묘 2」에서는 어머니에 대한 그리움이 절절이 배어나온다. "어머니가 베틀 위에 앉아 베를 짭니다"로 시작하는 길쌈의 과정이 치밀하고 리듬감 있게 묘사되어 단원 김홍도의 풍속화를 보는 것 같다. 한 올 두 올 베가 짜지면서 어머니의 한숨, 눈물의 인생도 엮여진다. 어린 시절의 기억을 완벽하게 재현하다니 놀랍기만 하다.

「숫눈길」은 눈이 와서 쌓인 뒤에 아무도 지나가지 않은 길을 말한다. 창 바깥쪽의 겨울 숲속 숫눈길과 창 안쪽 방안의 책장이 유리창에 겹쳐 보이는 지점에서 시 「숫눈길」이 탄생했다. "푸른 성채 같은 책들이 죽죽 뻗은/ 자작나무 겨울 숲으로 걸어"와 詩 書 畵 빼곡한 숲을 이루었다. 「숫눈길」은 아무도 지나가지 않은 눈 쌓인 곳에 새롭게 길을 내고 가야 할 시의 길이라 짐작해 본다.

"詩는 곧 나의 삶이다. 어쩌면 아픔 같기도 한, 그것은 바로 가끔 굿풀이를 해야만 온갖 괴로움에서 벗어날 수 있는 무당의 굿 같은 詩병인 것이다."

동화 작가이기도 한 「박분필 시인의 말」(『시와 소금』 2021년 겨울호)이다. 박분필 시인은 자연에서 시적 대상을 찾지만 사생寫生을 넘어 자신의 심경心境과 지적 경험을 바탕으로 한 주관적 해석으로 고유한 시의 세계를 펼쳐나간다.

단행본들을 부챗살로 펼쳐놓은 바다 속 장서관

파도는 낡아가는 책을 보수하는 유능한 사서다

표면의 광택을 파고 든 인간의 기억, 희망, 사랑을

담았다 쏟아내고 쏟았다 담아내기를 수 십 만년

몇 초가 영원처럼 흐르는 저 떨림, 저 무늬들,

회색과 초록색이 뒤섞인 파도의 갈피 속에 미처

해석되지도 기록되지도 못한 역사까지 껴안은 채

물의 필체와 물의 언어만을 고집해 온 고서들

신비로운 힘에 이끌려 뭉치고 엉키는 시간과 공간

잿빛갈매기들 조용히 날아내려 고서를 뒤적인다
— 박분필, 「양남 주상절리」 전문

　주상절리는 주로 현무암과 같은 화산암에서 형성된 육각
기둥 모양의 돌기둥을 말한다. 천연기념물로 지정된 경주
시 양남 주상절리군에는 부채꼴 주상절리, 누워있는 주상
절리, 기울어진 주상절리, 위로 솟은 주상절리 등 다양한
모양을 가지는 주상절리들이 모여 있다. 시인은 그 중에서

부채꼴 주상절리를 시적 대상으로 삼았다.

첫 행, "단행본들을 부챗살로 펼쳐놓은 바다 속 장서관"에서 필자는 대형서점의 가판대를 떠올렸다. 이어, 파도를 낡아가는 책을 보수하는 유능한 사서라고 의인화한 둘째 행은 전혀 예측치 못한 전개였기에 호기심과 흥미가 발동했다. 동動적인 파도의 움직임이 정靜적인 돌기둥에 생명 에너지를 불어넣어주어 시가 전환의 국면을 맞이했다. 이제, 육각기둥 모양의 돌기둥들은 책의 겉모습뿐만 아니라 '인간의 기억, 희망, 사랑', "해석되지도 기록되지도 못한 역사까지" 심화된 내용까지 갖추었다. 가판대가 아닌 "바다 속 장서관"의 진면목이 드러났다. 자연의 질서와 변화가 만들어낸 풍경을 시인은 "신비로운 힘에 이끌려 뭉치고 엉키는 시간과 공간"이라고 정리했다. 필자가 무정물과 유정물, 시간과 공간까지 동원해서 빚어내는 장서관의 모습에 푹 빠질 만큼 박분필 시인의 연출력은 노련했다. 잿빛갈매기들이 주상절리에 날아 내리는 자연 풍경으로 돌아가 끝맺음하는 마지막 연도 돋보였다.

3년 째 계속되고 있는 코로나19 팬데믹은 전세계로 퍼져서 우리의 삶을 통째로 바꿔 놓았다. 많은 전문가들은 감기나 독감처럼 주기적으로 발생하는 계절성 질환인 풍토병으로 자리 잡을 가능성을 예견하고 있다. 박분필 시인도 「나를 들쳐 업고」에서 오미크론으로 두 친구를 잃는 슬픔을 겪었음을 이야기하고 있다. 슬픔으로 시인의 안에는 침묵이 자리 잡았고 마음을 추스르기 위해 눈 덮인 바라산에 올랐다. 겨울 산에서 푸른 잎 다 떨구고 기둥처럼 서 있는 은사시나무 편백나무들로부터 "너 자신을 뛰어 넘어라, 경계를 넘어라"는 전언傳言을 듣는다. 겨울 숲에서 "스스로 몸을 끌어안고 냉기를 밀어내고 있는" 아기고라니, "생명을 품고 얼어있는 흙들"에서 "그 생명의 굼틀거림이 거대한 물결의 길을 만들어 낼 것"이라는 희망의 메세지를 확인한다. 코로나19 팬데믹과 산불재앙이라는 현실적인 어려움 속에서 자연의 끈질긴 생명성으로 위로받고 치유되는 시, 「수樹수水카페 옆에는 청보리가 피고 있었다」, 「산불 현장에서 탈출한 아기다람쥐」 등이 우리에게 희망을 놓지 말라는 메시지를 전해준다. "끝나지 않을 것만 같았던 깜깜한 시간도 가다 보면 닿게 마련"이라는 위로를 건넨, 필자는 오늘, 최악의 산불이 휩쓸어간 울진 산불 현장의 땅에 피어난 노랑제비꽃 사진을 신문에서 보았다.

3.「네모의 세계 속으로」와 미안한 순례길

이보숙 시인의 내면세계에서 음악과 미술이 서로 소통하고 교감하여 예향藝香 그윽한 시가 탄생한다. 훈데르트바서의 물방울속의 푸른 멍이며 소용돌이가 멋진 그림을 완성했듯이 가족의 죽음으로 인한 슬픔과 상처가 삶의 향기 가득한 시로 숙성되어 나온다.

몬드리안의 붉은 네모를 들여다본다
한참을 뚫어져라 보다가 네모를 열고 들어간다
아니 들어가는 게 아니고 나간다고 생각한다
그 네모의 바깥은 또는 그 안엔
텅 비어있는 공간이 연달아 열려있다
오랫동안 누군가가 열어주기를 기다린 듯,

그곳에서 다시 만나는 네모,

네모는 계속 네모를 낳고 또 네모를 낳고

그곳엔 친구가 없다. 아무도 없다

텅 빈 네모,

몬드리안의 여러 가지 네모들은 이 세상 모든 것의

기본 구상을 갖추고 있다, 보이는 것이 없을 뿐,

오늘 그 네모 중의 하나에 들어가 보니

네모난 외로움이 하나 덩그러니 앉아있다

그 속엔 웃음도 슬픔도 희망도 절망도 없다

오직 네모만 있을 뿐,

푸른 네모 노란 네모 붉은 네모, 오직 색깔이 있을 뿐,

색색깔의 옷을 입어본다

아무런 감흥 없이 나는 그저 네모일 뿐

이 지구상에 혼자 있다는 느낌,

그의 기하학적인 네모 속 나도 기하학적인 인간으로 산다

거기서 나는 아무런 사랑을 만나지 못한다

나의 사랑은 어디에 있을까……

사랑은 이 세상에 존재하는 것일까?

— 이보숙, 「네모의 세계 속으로」 전문

  이보숙 시인이 검정색 수직선과 수평선으로 구획을 나눈 단순한 구성에 빨강, 노랑, 파랑 등, 색의 삼원색만을 사용한 몬드리안의 추상화를 들여다보고 쓴 시이다. 특별히 붉은 네모에 집중하는데, 들여다본다, 열고 들어간다, 나간다고 생각한다, 연달아 열려있다, 로 네모와의 관계가 점진적으로 깊어진다. 네모는 계속 네모를 낳지만 시인이 결국

발견한 것은 친구도 아무도 없는 "텅 빈 네모"일 뿐이다. "네모난 외로움이 하나 덩그러니 앉아있다"는 자신과의 만남이다. 시의 초점이 중반부를 지나면서 "몬드리안의 붉은 네모"에서 "나는 그저 네모일 뿐"으로 옮겨가고 있다. "이 지구상에 혼자 있다는 느낌"에 필자도 충분히 공감하며 "기하학적 인간"으로 산다는 의미가 무엇인지 생각해보게 된다. "거기서 나는 아무런 사랑을 만나지 못한다"는 깊은 통찰에 이르며 결국 사랑은 만나는 것이 아님을 깨닫는다. 자신의 삶, 자신의 가족을 떠나서 사랑이 어디 따로 존재하는 것이 아니라는 이야기를 하고 싶은 것일까? 독자의 판단에 맡기기로 한다.

「추억에서 만난 모란 공원」, 「나팔꽃 노래」 등에서는 하늘로 떠난 가족, 어머니, 아버지, 언니, 고모가 보고 싶다는 시인의 절절한 그리움이 그대로 배어나왔다. 필자도 꿈속에서라도 엄마를 한 번 만나보고 싶다는 생각으로 콧등이 시큰해졌다. 모래사장에 밀려오는 파도를 피아노 건반을 두드리는 소리에 비유한 「피아노 치는 바다」는 음악, 인간, 자연의 어울림으로 빚어진 풍경이다. "흰구름 드레스", "산과 들, 나무들, 햇빛들이 모두모두 박수를 친다"는 동심 어린 표현에서 이보숙 시인의 순진무구한 시심詩心을 엿 볼 수 있다.

　"맑은 마음으로 시를 쓰는 것이 즐겁다. 꼭꼭 숨어서 보여주지 않는 시의 틈새를 찾아내는 일 또한 가슴 두근거리는 설렘이다. 여덟 권 째 시집을 상재하면서, 내 시의 골격이 되어준 모두에게 감사한다"(「시인의 말」, 시집 『낙타에게 미안해』)고 인사를 전한 이섬 시인의 시를 읽어본다.

새벽녘, 달빛도 숨어버린 캄캄한 밤이었어

쌍봉낙타의 등에 앉아서

이집트의 시내 산을 오르는 길이었지

나무 한 그루 풀 한 포기 없는 돌산 길,

행여 떨어질세라 손이 저리도록

낙타 등에 달린 2개의 봉우리를 움켜쥐었지

서서히 어둠이 걷히기 시작하는 새벽녘

나는 못 볼 것을 보고야 말았어

지그재그로 이어진 가파른 돌계단을 오를 때,

바르르 떨고 있는 가녀린 낙타의 다리

덕지덕지 군살 돋아 갈라터진 무릎

그렁그렁 눈물가득한 눈망울,

방향을 조종하는 채찍소리

낙타의 등에 앉아 조금 더 편하게 산을 오르려는

무심한 나는,

예수님의 발자취를 찾아가는 순례의 길이었어

생각할수록 미안한 순례의 길

오랜 세월이 지났지만 지워지지 않는

실루엣

낙타에게 미안하다

— 이섬, 「낙타에게 미안해」 전문

'시내 산'은 3,500년 전 출애굽 한 이스라엘 사람들이 여호와 하나님을 처음 만난 곳으로 기독교인이라면 꼭 한 번 가보고 싶은 성지이다. 아마 통상, 순례자들이 그랬듯이 시인도 험하고 가파른 시내 산을 조금 더 편하게 오르려고 낙타의 등에 올라탔을 것이다. 무심코 지나갔어도 그만인 것을, 시인은 "덕지덕지 군살 돋아 갈라터진 무릎/그렁그렁 눈물가득한 눈망울, 방향을 조종하는 채찍소리"를 보고 들었다. "나는 못 볼 것을 보고야 말았어"라는 시인의 고백으로 시 「낙타에게 미안해」가 세상에 태어나게 되었다. 시인의 순례길이 낙타에게는 무거운 짐을 지워주고 고통과 희생을 강요하는 고행의 길이었던 셈이다. "예수님의 발자취를 찾아가는 순례의 길"이었기에 낙타의 고통이 "생각할수록 미안한" 시너지 효과를 가져 온다. 인간의 편리를 위하여 고통 받는 낙타에 대한 미안함이 시인의 진정성 있는 고백으로 읽는 이의 공감을 불러일으킨다. 시인의 미안한 마음에 공감하다가 현재는 관광지로 유명한 폴란드의 비엘리치카 소금광산의 망아지가 떠올랐다. 16세기에는 소금 채굴과 운반을 위해 끌려온 망아지들이 평생 햇빛을 못 봐서 눈이 멀어 일만 하다 죽어갔다고 한다. 「낙타에게 미안해」는 인간의 이기심을 반성하고 모든 생명의 귀중함에 대해 다시 한 번 생각하게 해준다.

「존재를 향한 온화한 눈길」이라고 제목 붙인 박수빈 평론가의 해설 그대로 이섬 시인은 「뻐꾸기와 놀다」「존재에 대하여」 등에서도 모든 생명을 사랑으로 대하는 마음을 엿볼 수 있다. 시인은 텃밭 가에서 잡초를 뽑다가 "문득 이 땅에 잡초는 없다는 말이 떠오른다"(「존재에 대하여」) 단지, 인간이 쓰임새를 확인하지 못한 것일 뿐이라는 것이다. "밟히면 웅크리고 넘어지면 일어나야 하는" 끈질긴 생명력을 갖춘 "너, 세상에 하나밖에 없는/소중한 존재,"임을 인정한다. 이렇게, 시인의 순례길은 일상에서 시의 길로 꾸준히 이어지고 있다.

4. 「홀린 술이 반이다」와 「벌레 미인」, 영축산의 고래들

"내 속에서의 나를 만나려고 무한대의 시간과 공간 속을 헤매다 보면 나 밖의 나와도 하나가 되고 세상 만유가 모두 가슴을 열고 하나가 되는 경계지우기와 차별 넘어서기 — 자신의 열망을 넘어서서 사회 속에서, 타자 속에서 또 다른 자아를 자각하고 사랑과 화해로 나아가는 사회적 울림과 감동을 주는 시를 쓰기 위해 애를 써왔다."(「웃음세상을 위하여」)

이혜선 시인의 시선집 『흘린 술이 반이다』의 말미에 실린 산문에서 일부 발췌하여 시인의 작품 경향을 먼저 살펴보았다.

그 인사동 포장마차 술자리의 화두는
'흘린 술이 반이다'

책 읽으며 연속극 보며 훌쩍이는 내 눈, 턱 밑에 와서
"우리 애기 또 우네" 일삼아 놀리던 젊은 그이
요즘 들어 누가 슬픈 애기만 해도 눈물 그렁그렁
오늘도 퇴근길에 라디오 들으며 울다가 서둘러 달려왔
노라고,

새끼제비 날아간 저녁밥상, 마주 앉은 희끗한 머리칼
서로 측은히 건네다 본다

흘린 술이 반이기 때문일까
함께 마셔야 할 술이 아직은
반쯤 남았다고 믿고 싶은 눈짓일까

　　　속을 알 수 없는 생명의 술병 속에,

　　── 이혜선「흘린 술이 반이다」 전문

　「흘린 술이 반이다」라는 시제부터 관심을 끌만큼 매력적이다. '흘린 술이 반이다'라는 인사동 포장마차 술자리 화두를 불쑥 꺼내 던져놓고 드라마의 한 장면을 보여주는 것처럼 희끗한 머리칼 부부의 밥상머리 이야기로 시를 전개해 나간다.

　누가 슬픈 얘기만 해도 눈물 그렁그렁해지는 다정다감한 성품이지만 장성한 자식들을 떠나보내고 둘이 서로 측은히 건너다 보는 쓸쓸한 밥상이다. 마지막 연에서 서로 측은히 건너다 보는 이유가 "흘린 술이 반이기 때문일까", "함께 마셔야 할 술이 아직은/ 반쯤 남았다고 믿고 싶은 눈짓일까" 물으며 슬그머니 "속을 알 수 없는 생명의 술병 속에"로 독자의 관심을 돌리게 유도한다. 살다 보면 흘린 술처럼 시간을 헛되이 보낸 것이 아닐까 하는 회한이 들 때가 있다. 하지만 삶이란 "속을 알 수 없는 생명의 술병"처럼 예측할 수 없기에 더 귀하고 소중하게 하루하루를 보내야 하는 것이 아닐까.

　'타인능해他人能解'는 전남 구례에 있는 운조루의 쌀뒤주 마개에 새겨진 글자로 아무나 열 수 있다는 뜻이다. 쌀 두 가마니 반이 들어가는 커다란 뒤주를 사랑채 옆 부엌에 놓아두고 끼니가 없는 마을 사람들이 쌀을 가져가 굶주림을 면할 수 있게 했다는 이야기가 전해진다. 그렇다면 「타인능해 소나무」란 어떤 사연을 간직하고 있을까 궁금했다. 6.25 전쟁 때 잿더미가 된 집터를 닦기 위해 아름드리 소나무가 잘려나가 "우리 산의 소나무 모두 동네사람들 기둥 되고 서까래 되었다"고 한다. "아버지는 짐짓 못들은 척/ 보아도 못 본 척 알아도 모르는 척"하는 아버지의 묵인으로 아무나 베어다 집을 지을 수 있었다. "타인능해쌀보다 타인능해소나무가 더 급한, 따스한 둥지가 되었다"는 사연이었다. 어려움을 나누었던 실제상황이 그대로 시가 되어 감동을 전해준다.

"나는 먼먼 은하계로부터의 방문객인가? 운석에서 온 물과 성분들이 내 몸에 들어있다면."

정복선「시인의 말」이다. 시인은 고향인 "은하銀河의 뜰"에 "찰나의 투망投網"을 던져 활어처럼 싱싱한 시어詩語들을 건져 올린다. 우주로부터 시가 쏟아져 내리는 행운을 만나기도 하는 시인이 부럽다.

우주의 품에 안겨 숨 쉬는 찻잎, 에 안겨 붙어

사각사각 신명을 따라 읽다가 쓰다가

벌레들이 열공 중이다

파헤치고 배산임수의 터를 차지하는가 하면

나비와 벌새들의 날갯짓, 혹은

매미들의 한 철 울음을 미리 휘갈겨 놓는다

하, 별로 세상에 기여한 게 없다, 그럼에도

못자란 찻잎으로 만든 '동방미인東方美人',

초록애매미가 숭숭 불러들인 살바람이나 별빛 입술로

찻잎에 음송하고 있는 천일야화, 는 아직 끝나지 않았다
— 정복선, 「벌레미인」 전문

'벌레미인'은 찻잎을 갉아먹고 줄기의 진액을 빨아먹고
사는 초록애매미에게 정복선 시인이 붙여준 이름이다. 찻
잎에 손상을 입히는 해충을 '미인'이라고 부르다니, 분명 그
만한 이유가 있을 것이다. 첫 행에서는 "우주의 품에 안겨
숨 쉬는 찻잎, 에 안겨 붙어"로 차츰 좁혀가며 벌레들의 위
치를 알려준다. 전체 시의 2/3 정도까지는 찻잎에서의 생
존을 위한 벌레들의 활약상으로 이어진다. 신명을 따라 읽
다가 쓰다가 하는 흥거운 모습, 파헤치고 배산임수의 터를
차지하는 경쟁적인 모습, 등이 우리네 삶과 다르지 않아 재
미있게 읽힌다. 차나무는 진액이 다 빨려 죽지 않으려고 달
콤한 향기로 초록애매미의 천적을 끌어들인다. 그 곤충이
초록애매미를 잡아먹고 사람들은 향기로운 찻잎을 따서 과
일향, 꽃향기가 그윽한 매력적인 차를 만든다. 차의 향기에
반한 빅토리아 여왕이 '동양에서 온 아름다운 여인', '동방
미인'이라는 차 이름을 선사했다고 한다.

"하, 별로 세상에 기여한 게 없다."는 구절은 벌레들이 찻
잎에 어떤 유익함도 끼치지 못했다는 뜻인 듯하다. 하지만

초록애매미야말로 향기로운 '동방미인'을 만든 1등 공신이기에 시인이 '벌레미인'이라 부르는 것 아닐까.

정복선 시인은 우주의 질서를 「인력과 중력의 유희」로 노래한다. 지구의 위성인 달에 대하여 "달은 지구를 향해서만 울음 우는 한 마리의 새"라니, 시인의 기발한 상상력이 어디로 튈지 다음 행을 읽어본다. "지구는 홀로 사유하면서 동시에 태양을 사유하는 탁월한 니체"라는 시인의 고유한 언어를 번역하면 지구는 자전하면서 동시에 태양을 공전한다는 이치일 것이다. 읽는 이도 상상력의 날개를 달고 우주의 질서를 언어의 유희로 즐겨보기를 권한다.

필자는 작년 4월에 「전국문학인 꽃축제」가 열리고 있는 통도사 서운암 장경각을 방문했다. 줄맞춰 서있는 장독대를 지나 진홍빛 꽃잎이 조롱조롱 아름다운 금낭화 어우러진 언덕길을 지나 장경각 앞마당에 올랐다. 서운암 장경각 정면으로 건너보이는 영축산은 장엄했다. 독수리가, 아니 규모로 보면 붕새가 양쪽 날개를 활짝 펴고 날아오르는 모습이다. 탁 트인 이곳에 서있는 것만으로도 가슴이 시원해지고 눈이 맑아졌다.

그런데 장경각 앞마당 얕은 수조 안에 울긋불긋한 고래들이 놀고 있으니 이게 웬일일까, 눈을 의심할 수밖에 없었다. 2022년 조계종 15대 종정으로 추대되신 성파스님께서 장경각 앞마당 수조에 7000년 전 우리 조상들이 새겼다는 반구대 암각화의 고래들을 풀어놓으신 것이다. 나전칠기 공법으로 제작한 옻칠 민화였다. 두꺼운 삼베에 8번의 옻칠을 해 겹겹이 쌓아 만든 옻칠판에 얇게 간 조개껍데기를 암각화의 문양대로 박아 넣었다. 수조 앞에 서니 내 그림자도 어룽어룽 비치어 고래들과 어울려 놀고 있다. 영축산 기슭에 고래들을 뛰어놀게 한 발상부터 신선했다. 아득하게 먼 과거에 영축산도 바다였을지 모른다는 생각을 하면서 시공을 초월하는 성파스님의 예술혼에 매료되었다. 놀라움의 경지를 넘어 감탄사를 연발하게 되었다. 바위에 새겨져 바위에 갇혔던 동물들을 물속에 풀어주어 새 생명을 얻게 한 방생이었다. 주경림의 시 「영축산 기슭의 고래들」을 읽어본다.

독수리가 양쪽 날개를 활짝 펼치고 날아오르려는
영축산 기슭,
인공수조에서 고래들이 헤엄친다
귀신고래, 범고래, 향고래, 북방긴수염고래, 혹등고래……
거북이, 사슴, 호랑이, 멧돼지, 사람도 보인다

울산 대곡천의 반구대 암각화를 탁본 뜬
서운암 앞마당 수조에 고래들을 풀어놓았다
삼베에 옻칠을 하고 다시 삼베를 붙이고 다시 칠해
할머니 자개장같이 검고 단단해진 바탕 위에
알록달록한 고래들이 놀고 있다

새끼를 등에 업은 귀신고래는
서운암 장독대에 앉아있던 공작새 깃털빛,
이팝나무 꽃빛 수의를 입은 작살 맞은 고래,
북방긴수염고래 세 마리가 물을 뿜자 수국꽃이 피어난다

황매화빛 일렁거리는 그물 쪽으로 거북이가 기어간다
금낭화빛 물고기들이 조롱조롱,

작약꽃빛, 각시붓꽃 멧돼지 한 쌍이 사랑을 나눈다
새끼를 밴 호랑이는 유채꽃빛,
사슴이 연두 잎 달린 뿔을 흔들며 뛰어간다

바위에 갇혔던 암각화 동물들이 물속에 방생,
스르륵 다시 물속에 비친 하늘로의 왕생,
옻칠자개라는 새 입성으로 극락에 온 것이다
내 그림자도 어룽어룽 고래와 놀고 있으니
나도 극락,

송홧가루가 뿌옇게 은하수로 걸리자
모두 사금파리 별빛으로 반짝인다
— 주경림, 「영축산 기슭의 고래들」 전문

서운암 올라오는 길에서 만난 금낭화, 연두 이파리, 황매화, 이팝꽃, 작약, 공작새 깃털의 화려한 색까지 동물들의 입성이 되어 수조 안은 꽃밭이었다. 까맣게 칠한 옻칠 바탕은 영락없이 우주의 밤하늘이 펼쳐진 것 같기도 했다. 바람에 날아온 송홧가루로 극락이 잠시 흔들리자 수조 안의 고래와 짐승들은 모두 별빛으로 반짝였다.

5. 글을 맺으며

2020년 8월 8일, 유유 제1집 『깊고 그윽하게』 출판기념

회를 위해 동인들은 인사동 한정식집에 모였다. 코로나19 팬데믹과 기상 관측사상 최고의 기록을 갱신한 50일 이상 계속된 장마로 참으로 어렵게 마련한 자리였다. 아침까지도 폭우가 쏟아져 걱정이 많았는데 차차 빗줄기가 가늘어지며 우산을 접을 정도가 되었으니 길일을 잘 잡은 셈이었다.

그날은 구례지역의 폭우로 물난리 속에 축사를 탈출한 10여 마리의 소들이 살기 위해 한 시간 가량을 아스팔트 산길을 따라 해발 531m의 사성암에 오른 날이기도 했다. 빗물에 흠뻑 젖은 소들은 사성암 유리광전 아래쪽 마당에서 풀을 뜯어 입매를 하며 얌전히 쉬었다고 한다. 누구 하나 뛰놀거나 큰 울음소리 내지 않았다.

그날, 우리의 모임도 사성암에 모인 소와 같았다. 코로나19와 폭우를 피해 더 좋은 시를 쓰며 살기 위해 모인 자리였다. 그 이후 '거리두기'로 근 1년을 모임을 갖지 못하다가 백신접종을 한 후, 박분필 시인의 초대로 2021년 7월 21일 백운계곡에서 모였다. 첫 회장이었던 이혜선 시인의 뒤를 이어받은 이섬 시인이 다시 정복선 시인에게 자리를 내어주는 이취임식, 그리고 이섬 시인의 시집 『낙타에게 미안해』 출간 축하를 겸하는 자리가 되었다. 2021년 11월 24일에 대학로에서 모여 유유 제2집 출간에 관한 세부사항을 논의하고 마로니에 공원에서 동인지에 실릴 사진촬영도 했다.

이제, 우여곡절 끝에 신종 코로나바이러스 감염증이 풍토병으로 자리매김할 것이라는 예측도 조심스레 나오고 있다. 〈유유〉 동인들도 "그대 가슴 속 환히 밝히고 싶어" 유유 제2집 『날마다 피어나는 나팔꽃 아침』을 발간하게 되어 기쁘기 그지없다.

이 자리를 빌려 동인지의 해설을 쓰기에는 여러모로 필자의 식견과 필력이 턱없이 얕았음을 고백한다. 부디 혜량惠諒하는 마음으로 읽어주시고 사랑해주시길 부탁드린다.

유유

'유유 동인'은 이보숙, 이섬, 김현지, 정복선, 이혜선, 주경림, 박분필 7인이며, 첫 동인지 유유 제1집 『깊고 그윽하게』를 낸 지 2년 만에, 유유 제2집 『날마다 피어나는 나팔꽃 아침』을 출간하게 되었다.
'유유동인'이란 이름으로 한 배에 탄 7명의 시인들이 가장 아름답고 싱싱한 '시의 축제'를 열어 나간다.

"문학이라는 호수 안에서 헤엄치는 시어詩魚를 찾아 오랜 세월 천천히 노를 저어가는 도반이다. 느린 수면을 바라보다 솟구치는 언어를 낚는다. 시를 짓고 기쁨을 나누는 일곱 명의 친구들은 이 항해를 지속하는 힘이 된다. 세월이 갈수록 더욱 소중해진다."

이메일: cwsanin@hanmail.net

유유 제2집
날마다 피어나는 나팔꽃 아침

발   행   2022년 5월 9일
지 은 이   정복선 외
펴 낸 이   반송림
편집디자인 반송림
펴 낸 곳   도서출판 지혜
주   소 34624 대전광역시 동구 태전로57, 2층 도서출판 지혜 (삼성동)
전   화 042-625-1140
팩   스 042-627-1140
전자우편   ejisarang@hanmail.net
애지카페   cafe.daum.net/ejiliterature

ISBN : 979-11-5728-474-0 03810
값 10,000원